勸善金科

〔清〕張照等 編

乾隆內府刊本

第一齣　顯威靈十殿親巡　蕭豪韻

雜扮八侍從鬼各穿戴業鏡地獄鬼衣引雜扮第一殿閻君戴冕旒穿蟒束玉帶從酆都門上唱

越角調鵪鶉套曲

平鋪着法簿陰科。句雜扮八侍從鬼各穿戴油鍋地獄鬼衣引淨扮第五殿閻君戴冕旒穿蟒束玉帶從酆都門上唱赤緊的火羅惡道。韻雜扮八侍從鬼各穿戴碓磨地獄鬼衣引雜扮第二殿閻君戴冕旒穿蟒束玉帶雜扮八侍從鬼各穿戴血湖地獄鬼衣引雜扮第三殿閻君戴冕旒穿蟒束玉帶從酆都門上仝唱無邊的鐵壁銅河。句一望裏風刀朗耀。韻雜扮八侍從鬼各穿戴刀山地獄鬼衣引雜扮第四殿閻君戴冕旒穿蟒束玉帶雜扮八侍從鬼各穿戴阿鼻地獄鬼衣引雜扮第六殿閻君戴冕旒穿蟒束玉帶從酆都門上仝唱這壁廂苦趣沉淪。句那壁廂淨域逍遙。韻雜扮八侍從鬼各穿戴割舌地獄鬼衣引雜扮第七殿閻君戴

冕旒穿蟒束玉帶雜扮八侍從鬼各穿戴寒冰地獄鬼
衣引雜扮第八殿閻君戴冕旒穿蟒束玉帶從酆都門
上仝唱却原來 甚分明。句只是箇 無恕饒。韻雜扮八侍
從鬼各穿戴毒蛇地獄鬼衣引雜扮第九殿閻君戴冕
旒穿蟒束玉帶雜扮八侍從鬼各穿戴剝皮地獄鬼衣
引雜扮第十殿閻君戴冕旒穿蟒束玉帶從酆都門上
仝唱大都是 浩劫迷途。句何日裏 金繩共覺。韻衆閻君
分白 善惡分明法鏡懸、塵封案牘自年年、何時苦海輪

迴了證性同登般若船吾乃第一殿太肅妙廣神君秦廣王掌管業鏡地獄吾乃第五殿最勝耀靈神君閻羅王掌管油鍋地獄吾乃第二殿陰德定修神君楚江王掌管碓磨地獄吾乃第三殿洞明普靜神君宋帝王掌管血湖地獄吾乃第四殿神德五靈神君五官王掌管刀山地獄吾乃第六殿寶肅昭成神君卞城王掌管阿鼻地獄吾乃第七殿等觀明理神君泰山王掌管割舌地獄吾乃第八殿無上正度神君平等王掌管寒冰地

獄吾乃第九殿飛魔演慶神君都市王掌管毒蛇地獄吾乃第十殿五化威靈神君轉輪王掌管剝皮地獄今逢朔旦之期係我等各殿森羅會合巡察幽冥地府各處地獄務須謹慎庶免疎虞就請公同前去巡察一番

請、全白 你看陰飈萬疊燐火千堆好一派森嚴世界也

衆全唱

越角套曲 紫花兒序 聲淅淅 風披宿莽句 響淙淙 水轉危谿○句 影沉沉 木魅山魈○韻 鋒巖鏤刻句 劍樹鑴雕○韻 隱隱

周遭。韻把妖魄才魂一例招。韻都只爲業緣纏擾。韻啼泣揶揄。句總墮圈牢。韻衆閻君分白來此已到地獄交界之所、但見凜冽寒風、陰霾成陣、雉堞烟迷、昏慘城闉霧鎖、糢糊、想那世人全不感通靈性、惟有沉酣世味、正所謂爲善休悲、惡莫誇、只爭遲早不爭差、如今更復無餘候、一樹春風一樹花、須索一路巡察前去便了。衆應科仝唱

越角套曲【小桃紅】有多少愛河反覆起悲濤。韻沉溺何時了。

韻 望裏家鄉杳難到。韻 搵不住淚珠拋。韻白 衆生呵、唱 伊行莫更嗔相報。韻 作孽難逃。句 果盡從因。句 賞罰任天曹。韻 場上設高臺衆遶場各上高臺立科全唱

越角套曲 絡絲娘

折挫的肢殘骨銷。韻 極苦是無形罪到。韻 想人間靠着皮囊便煩惱。韻 須信道地獄生前不少。韻

衆閻君白 巡察已畢、就此各歸殿府、衆應各下高臺科

衆閻君白 鬼卒們爾等各處巡邏傳諭各獄官吏各司其事、毋得懈怠、衆應科全唱

煞尾　森森法令重分剖。韻　處處提鈴喝號。韻　直待他犴狴一時空。句　方顯我　閻羅眞道妙。韻　全從下塲門下

勸善金科第五本卷上

第二齣　奉慈幃一堂稱祝　古風韻

生扮羅卜戴巾穿直領繫儒縧帶數珠從上場門上唱

仙呂宮引　番卜算　拂檻柳絲垂。韻入座花香細。韻助歡情好鳥樹頭啼。韻却似知人意。韻中場設椅轉場坐科白心殷愛日無他願、但願慈親福壽齊、我羅卜貿易回來、重整舊業、今乃母親設帨良辰、聊具杯茗稱慶、益利何在、

末扮益利戴羅帽穿道袍帶數珠從上場門上白客進

◎

華封多壽頌、堂歌春酒介眉篇、官人有何吩咐、羅卜白
慶壽齋筵可曾齊備、益利白齊備多時、羅卜起隨撤椅
科白安排香案伺候、敬請母親上堂拈香、場上設香案
旦扮劉氏戴鳳冠穿補服老旦衣束金帶帶數珠從上
場門上小旦扮金奴穿衫背心繫汗巾隨上雜扮四梅
香各穿衫繫汗巾雜扮四院子各戴羅帽穿道袍從兩
場門分上劉氏作拈香禮拜衆隨拜科劉氏唱

仙呂宮正曲　風入松

金猊滿爇壽香飄。韻瑞靄縈空繚繞。韻

感
蒼穹覆載恩難報。韻望遥空深深拜禱。韻合惟願取
發星鑒昭。韻增壽算比山高。韻隨撤香案場上設椅劉
氏坐科副扮劉賈戴巾穿道袍從上場門上雜扮二家
童各戴氊帽穿喜鵲衣繫腰裙扛盒隨上劉賈唱
仙呂宮引【劍器令】紅旭一輪高。韻好天氣十分晴皎。韻忙趨
向筵前稱祝。句願祈壽比松喬。韻作到進門科劉氏起
隨撤椅科劉賈白益利、將壽禮擡進來、益利應科作出
門引二家童扛盒進門從下場門下隨上二家童作出

門科從上場門下劉賈白薄禮請姐姐收下、劉氏白謝承厚禮、劉賈白姐姐請上、待兄弟先拜壽、作拜禮科白壽星昨夜照南天、瑞應今朝啓壽筵、北海開樽來祝壽、長春壽算永綿綿、劉氏白多謝兄弟吉言、場上設席劉氏劉賈各坐科益利向下取茗隨上羅卜定席行禮畢亦坐科益利金奴率衆拜禮科羅卜唱

仙呂宮集曲

筵前香靄。韻見日移錦砌讀花影風篩。韻畫堂深處。句聒耳笙歌一派。韻願親福壽

如山岳句花甲循環去又來韻眾作跪勸科全唱排歌合至

斑衣戲句效老萊韻筵前博得笑顏開韻鹿眠遥句鶴舞堦韻此身恍若在瑶臺韻益利金奴傾茗科劉賈唱

又一體

華堂綺席排韻對良辰美景讀尋樂應該韻追歡買笑句須當遣興舒懷韻逢時遇酒須暢飲句老去青春不再來韻眾作跪勸科全唱合斑衣戲句效老萊韻筵前博得笑顏開韻鹿眠遥句鶴舞堦韻此身恍若

在瑤臺韻益利金奴傾茗科衆全唱雲中鶴駕來韻想依稀仙侶讀遠下蓬萊韻祥光佳氣句霏霏籠罩庭堦韻壽同南極應無算句福錫東華寧有涯韻衆作跪勸科全唱合斑衣戲句效老萊韻筵前博得笑顏開韻鹿眠遲句鶴舞堦韻此身恍若在瑤臺韻各起席隨撤桌椅科羅卜唱願慈親長安泰韻一年一度咏臺萊韻衆全唱共慶取壽比岡陵福似海韻劉賈白一年始有一年春羅

卜白 如竹如松祝老親、劉氏白 能向花前幾回樂、仝白

良辰共慶太平人、劉賈白 兄弟告辭、劉氏白 我兒送了

舅舅出去、劉賈作出門仍從上場門下衆仝從下場門

下

勸善金科 第五本卷上

第三齣 留故友望門投止 蕭豪韻

生扮董知白戴員帽穿圓領繫縧帶從上場門上唱

中呂宮引 青玉案 趨承聊把勤勞効韻 歎筋力非年少韻 計日工程忙趲造韻 世遭離亂句 地當衝要韻 所事非輕小韻

白 自家姓董名知白乃鄜州都督標下聽用官便是家中止有一妾李氏翠娥正在青年此外並無至親一人我想起來當日有箇相識莫可交爲人倒也誠實

自從分散以來杳無音信不知他近日景況若何這且不必提他目下因李希烈變亂奉有憲差修理各處柵欄更樓限期緊廹日夜督工我想偌大一箇城池上面又有許多營房一時那裏修理得起且喜那些窮百姓爲因年荒米貴求食無路挨身來此做工反得現銀養家度日因此人人踴躍箇箇爭先所以近日工程容易趲起我職叨監造未免日日要在此料理內作喧鬧聲

科董知白白你聽人聲喧嚷想是這些做工的來也中

塲設椅轉塲坐科雜扮衆夫匠各戴氈帽穿喜鵲衣繫腰裙持鍬钁背筐桶仝從上塲門上唱

中呂宮 縷縷金 正曲

磚忙運。句 土急挑。韻 黃漿提半桶。句 把縫兒澆。韻 房舍連牆壁。句 椿椿牢靠。韻 工程嚴限敢辭勞。韻合 清晨早來到。韻 清晨早來到。疊作相見科白 董爺、衆匠來了、 董知白白 你們快把未完的工程、作速趲做、不得潦草、 衆夫匠白 這箇怎敢、 虛白從下塲門下副扮莫可交戴氈帽穿喜鵲衣繫腰裙從上塲門上唱

又一體 人皆是句口頭交韻炎涼轉眼處句便相拋韻
流落他鄉地句有誰相照韻饑寒二字最難熬韻合無
門可求告韻無門可求告疊作相見科董知白起隨撤
椅科白 你是莫大哥方纔正在這裏念你好幾年不見
爲何是這樣一箇光景莫可交白 董伯伯不要說起自
從長安兵變之後家計蕭條罄然一空所以收拾了些
零碎本錢往外方生理誰想一總折盡如今又回不得
京師此地奈又舉目無親所以落難至此董知白白 我

看此人一表人材諒非落魄之輩況且言詞慘切我這裏孤子單身無兄無弟何不收他做一箇挐手有理莫

大哥我看你孤身狠狽遠滯他鄉意欲收你做箇挐手未知你意如何莫可交白若得董伯伯提拔窮途實是感恩非淺作拜謝科唱

正宮 正曲 白練序 恩非小韻喜提出污泥上碧霄韻算將來

讀此世如何報効韻縱銜環并結草韻也難酬恁洪仁天樣高韻董知白唱合何須較韻我素心相託讀說不

得
萍水一朝。韻白 莫大哥既承不棄本當留在舍間纔
是只是敝居房屋不多這前面大覺寺頗也乾淨就請
到彼權住少頃即着人送供給來便了 莫可交白 多謝
厚情 董知白唱
向僧房安頓且舒懷抱。韻 莫可交唱 免得我客途
慶餘
潦倒。韻 董知白仝唱 須信他鄉遇故交。韻 仝從下場門
下

勸善金科　第五本卷上

第四齣　拜老師借逕饞緣　魚模韻

丑扮臧霸戴紗帽穿圓領束金帶從上場門上白

笑罵由他笑罵高官我自爲之學生臧霸初任南陽府通判六載以來宦囊巨富又暗地裏與李希烈結連掌他多贈金銀與我仗此打點得陞鄜州刺史之職思量此處也要結識一箇權勢方好任意貪婪我想起來只有那都督田希監有些威力他手握兵權雄威日盛我

如今打點幾千金禮物又差心腹之人訪得一箇美女隨卽送去結識他一番權做箇護身之符有何不可正是莫嫌貪墨虧名檢巧宦無錢總不靈從下場門下淨扮田希監戴紗帽穿蟒從上場門上雜扮二執事官各戴員帽穿圓領繫鑾帶隨上田希監唱

正宮引 朝中措 花花臉上橫堆肉韻 蛇蝎不爲毒韻 素行本多奸巧句 中心且是貪酷韻 中場設椅轉場坐科白

下官鄜州都督田希監是也立性貪婪處心刻薄正要

趁此時光、多布牙爪、大作威勢、或是誣人交通叛逆、或是說人鍛鍊平民、因而虛布風聲、巧取財物、所以人人無不畏我、只是那陸敬輿、性情古怪、時常上本彈劾我們的過端、如今荒亂之世、也不怕他、臧霸從上場門上

白 轉過官街大道、趨承權勢豪門、這裏已是裏面那一位爺在、一執事官作出門科白 是那箇、臧霸遞銀包科

白 大哥這是些須恭敬之私、相煩通報一聲、執事官接銀包科白 你是什麽衙門的官兒、擅自竟來求見我家

老爺麼、臧霸白　學生臧霸、現任鄜州刺史、官也不小、聞得老爺威名、特來拜在門牆、諸事還望美言、自當厚報、執事官白　你且在門房候着、待我與你通報、作進門科白　禀爺、鄜州刺史臧爺求見、田希監白　他是文官、到我衙門何幹、執事官白　特來送禮、還要求拜門生、田希監白　旣如此、請進來、執事官作出門科白　臧老爺有請、臧霸虛白作進門叅見膝行科白　都督老爺在上、臧霸叩見、田希監起作扶科白　不消行此禮、看坐、場上設椅各

坐科田希監白　臧先生你職居方面如何肯認我做老師　臧霸白　門生平日素有向上之志因久慕都督才高望重竊不自揣意欲仰附門牆倘能賜堦前方寸則使門生頂戴終身矣　作欲言復止科田希監作會意科白　執事官兒吩咐後面設席　二執事官應科從兩塲門分下臧霸附耳科白　不腆微贄望乞哂存　向袖內取禮單呈科田希監作接看科白　蟒緞二十端花紬四十端黃金二十錠白銀一千兩此乃是箇知趣門生也臧先生

怎麽承你許多厚禮、受之不當、臧霸白豈敢老師請台坐、待門生就此展拜、作拜禮科唱

正宮正曲　四邊靜　門牆親附蒙收錄。韻今朝豈私淑。韻田希監起作扶科臧霸白這是一定要受的、唱四拜展微忱。句門生方定局。韻合黃物兒足。韻綵幣成束。韻向日比葵心。句終賴如天覆。韻各坐科田希監白今承如此厚愛、自當以腹心相待也、唱

又一體　從今便是親骨肉。韻區區情誼篤。韻恁般大束

修。句從此託心腹。韻合 情傾意睦。韻 如蘿附木。韻白 賢契、我受你許多恩惠、我的身子、都是你管得着的了、今後倘有事見教呵、唱 憑你事如山。句 只消紙半幅。韻 一執事官從上場門上白 禀上老爺、酒筵齊備、各起隨撤椅科田希監白 請到後面小飲、還要領略佳言、細細講論一番、臧霸白 領命、只是叨擾不當、田希監白 好說請臧霸白 都督請、門生隨後、田希監白 喜結師生契、從下場門下執事官白 全憑餽重資、臧霸白 得君心肯日是

我運通時、向執事官隨意發諢科全從下場門下

勸善金科　第五本卷上

第五齣　忘大德密締鸞交　家麻韻

副扮莫可交戴氊帽穿道袍持扇從上塲門上唱

黄鐘宫正曲　降黄龍　岐路茫茫句潦倒孤身讀歸去無家韻幸故交提掇句似枯木逢春讀又試新花韻白自家莫可交自幼讀書未就無可奈何只得隨了姚令言做了什麼兵丁去年渭橋大敗幾喪殘生近日逃到此間且喜無人知我是做過賊的只是親友全無棲身無策不

料董知白憐我舊日一面之交分給衣食留在大覺寺中居住今日再到他家相謝一聲唱掌他韻解衣推食句救急難眞情非假韻白且住只是前日見那位嫂嫂眉來眼去殊欠端莊我且再看他動靜如何正是滿懷心腹事難起不良情唱合怪娘行如迎如送讀逗露情芽韻從下場門下小丑扮李翠娥穿衫從上場門上唱

又一體

嗟呀韻埋怨天公句爲甚癡郎讀偏傍嬌花韻

中場設椅轉場坐科白奴家李氏小字翠娥芳容賦就

媚性天生只是明珠暗投到了這董知白家裏誰想他愁生白髮景逼西山堪憐奴命薄紅顏情拋東海他前日引得一箇莫生回來看此生再三將奴顧盼莫非此人倒有些會意麼唱我懨懨捱過句多少晨昏讀虛度韶華韻莫可交從上場門上白迤邐行來此間已是不免叫他一聲作叩門科李翠娥起隨撤椅科唱諠譁韻是誰剝啄句無故的直敲門闥韻莫可交復作叩門科李翠娥作開門相見科唱合那人兒頻頻枉顧讀可不

令人疑訝。韻莫可交白尊嫂拜揖、李翠娥白莫生、莫可交白董兄可在家中、李翠娥白不在家裏、莫可交白董兄既不在家裏、小子只得告回、李翠娥白莫生、你與他是通家、何不裏面少坐一茶、莫可交白如此、既承雅愛、請、作進門科白再奉揖、場上設椅各坐科李翠娥白莫生、爲何許久不來、莫可交白小子連日有些小事、所以少候、李翠娥唱

又一體　伊家。韻客館蕭條。句永晝長宵、讀猶似相如身

寡。韻莫可交白客館凄凉最是難消遣的、請問董兄爲何不在家中、李翠娥唱若還提起。句敎人羞赧讀無言可答。韻莫可交白如此說董兄是不知趣的了、李翠娥白他早上衙門、無事晚上回來、莫可交白若有事呢、李翠娥白若有事麽、隔數日回來、莫可交白這幾日呢、李翠娥白這些日麽、爲因督造工程、有半月有餘、不曾回來了、莫可交白半月不回來了、嫂嫂在家、何人作伴、李翠娥白只有一箇小厮、只好早晚送飯、此外並無別人、

莫可交白　這等說嫂嫂的凄凉、竟與小子無二、李翠娥
唱　蘆花。韻　齊眉舉案。句　這些時從教抹煞。韻　莫可交唱
合　怎不解憐香惜玉、讀　那些佳話。韻　李翠娥白　什麼說
話、莫可交白　妙年寥落、辜負紅顏、殊覺傷心可歎、唱
商調集曲　金絡索　金梧桐首至五　如梭去歲華。韻　人世須瀟灑。韻　白
嫂嫂、唱　且勸娘行。句　莫把愁腸掛。韻　白　嫂嫂、董兒既不
在家、坐久了、小子只得告別、李翠娥白　你要去了、如此
請、莫可交作出門科李翠娥作閉門科莫可交白　我說

這小娘子有些古而怪之蹊而蹺之他倒句句將我挑逗且住我想受董兄如此厚恩相待怎好起這箇念頭呸又不是我去尋他這是他來尋我俗語云若不如此焉得如此惟其如此是以如此還是走轉去的是唱我無端思轉加。韻作復叩門科李翠娥作開門科白莫生你既去了怎麼又轉來莫可交作進門科白我見嫂嫂隻身無聊特來作伴李翠娥白奴家是日日如此何勞費心唱東甌令二至四莫輕譁。韻我久向東風甘落花。韻莫

可交白　我好恨也、李翠娥白　敢是恨我麼、莫可交白　焉敢恨娘子、可恨那董兄呵、唱　辜負了　錦屏深處人如畫。韻　怎忍教　香閣愁中淚似麻。韻　誰甘罷。韻李翠娥唱懶畫眉　我　堅貞永守誓無差。韻莫可交白　堅貞二字、是最難守的、李翠娥唱　又　何須絮絮喳喳。韻　鼓舌調牙。韻請　收拾了無稽話。韻作進房門科莫可交隨進科李翠娥白　莫生、你好無禮、這是內房、你隨我進來做甚麼、莫可交白　嫂嫂、唱

商調集曲　御袍黃簇御林首至合

知非禮。句　難按捺。韻白　我莫可交、

原是知趣的、唱　論風情敢自誇。韻白　嫂嫂、方纔說的話、

難道就忘了麼、唱　你豈不憐旅寄相如寡。韻李翠娥白

你與我家那人是什麼稱呼、莫可交白　無非朋友罷了、

李翠娥白　豈不聞朋友妻不可欺、莫可交白　若是朋友

妾或者又當別論了、唱　通融處只算得同乘馬。韻李翠

娥唱皂羅袍五至八　看他若癡若惑。句　好逃戀咱。韻　教我又

嗔又愛。句　難發付他。韻莫可交虛白科李翠娥唱黃鶯兒六

多管是桃花要逐東風嫁。韻莫可交唱合謝伊家。韻

情濃意洽。韻願死在牡丹花。韻隨意發諢科仝從下

塲門下丑扮𠜱鬍戴𠜱鬍腦包穿喜鵲衣繫腰裙從上

塲門上唱

商調琥珀猫兒墜正曲　寥寥一禿。句朝去暮還家。韻債欠脚

踪逡路遐。韻纔掇菜飯又忘茶。韻白自家小𠜱鬍方纔

到衙門送飯一時忘了茶湯只得轉來拿去大娘開門

李翠娥莫可交仝從下塲門急上作聽科李翠娥作推

莫可交下隨作開門門科白　你爲甚麼大驚小怪的、剶剶白　忘記了拿茶特來取討、李翠娥白　你且住着、等我拿出來與你、作向下取茶隨上付剶剶科白　拿去、隨作關門科剶剶白　正是註定三回轉、決不兩回休、從上場門下莫可交仍從下場門上隨意發諢科李翠娥唱合　無

慶餘

他。韻　膽兒放穩、讀　莫教驚怕。韻　莫可交唱　險些露出風流話。韻　李翠娥白　我要問你、唱　以後長情實共假。韻　莫可交白　我的娘、唱　願和你　夜去明來

永不差。韻作出門科李翠娥作閉門科從兩場門各分下

第六齣　獻名姝陡驚獅吼　先天韻

生扮董知白戴員帽穿圓領繫鑾帶從上場門上白

月華如水浸樓臺、天際銀河絶點埃、誰將萬斛金蓮子、
撒向皇都五夜開、自家董知白便是、今日乃元宵佳節、
你看花燈滿市、綵結鰲山、鳳隱碧梧、蘭麝香中花萬簇、
龍吟玉樹、綺羅叢裏焰千株、高的高、下的下、燦燦熒熒、
十里燈毬明似晝、來的來、去的去、挨挨擠擠六街車馬

湧如潮、內奏樂科董知白白　這壁廂吹的吹擂的擂、珠履三千、那壁廂歌的歌、舞的舞、金釵十二、正是誰家見月能閒坐、何處聞燈不看來、今日俺老爺不請別客、專請新收的門生臧霸會席、一應閒雜人等、不許通報、道言未了、都督爺出來了、雜扮四院子各戴羅帽穿道袍繫鑾帶引淨扮田希監戴紗帽穿蟒束玉帶從上場門上唱

黃鐘宮引　天仙子　抱漏挈壺遲下箭。韻　虎豹九關宵不鍵。韻

六街月上沸笙歌。句燈火遍。韻華堂讌。韻錦綺麝蘭香
一片。韻（中場設椅轉場坐科白）春風來海上明月在天
邊燈火家家市笙歌處處喧俺鄜州都督田希監是也
隼旟虎帳擁十萬之貔貅鐵鎧金戈值百六之板蕩鄜
州刺史臧霸乃是李希烈腹心拜俺門牆深相結納今
日聊具杯酒一則敘師生之情二來藉他暗地交通希
烈當值的。（董知白應科田希監白）臧爺到來即忙通報
（董知白作出門候科丑扮臧霸戴紗帽穿圓領束金帶）

從上場門上雜扮二家人戴羅帽穿屯絹道袍隨上臧

霸唱

黃鐘宮引　傳言玉女　燈綵新年韻　來赴五侯筵讌韻　白　今日

都督府中大開燈宴特召下官同席只得早來伺候　向

董知白白　相煩通稟一聲　董知白白　臧老爺你也是朝

廷的刺史也還該自家尊重些纔是　臧霸白　這也說不

得了種種還要求你作成作成作成　作遞銀包科董知白白

誰稀罕你的　臧霸白　既然不要我收了只是還有一說

下官新近覓得一美色女子、教成歌舞、今日送與老爺
董知白白　老臧、我家夫人不是好惹的、臧霸白　我只要
奉承老爺喜歡、那管夫人懊惱、董知白白　如此待我通
報、作進門科白　禀都督爺、臧刺史早來了、田希監白　早
來了、怎麼這等知趣、道有請、董知白作出門引臧霸作
進門科二家人仍從上場門下、臧霸膝行科白　大都督、
臧霸見、田希監起作扶科場上設椅各坐科田希監白
刺史今日爲何來得恁早、臧霸白　都督開筵、恐有驅使、

以此早來伺候田希監白我對你說今日一來敘師生之情二來因李令公是一方豪傑刺史是他腹心故以肝膽相託各起隨撤椅科臧霸白門生覓得一件活東西今日特來奉獻田希監白什麼活東西臧霸作近耳低語科白門生呵唱購嬌姿東鄰妙選韻餘妍旖旎句儘充得溫柔名媛韻更兼他舞態輕盈句歌聲宛轉韻白門生新得美人一名喚做驚鴻生得聰俊在門生家中請長安教坊名工教成歌舞獻與都督老師侑酒田

希監白　太費心了、場上設桌椅科田希監白　賢契、你雖是我門生、還是客坐、臧霸白　都督老師説那裏話、門生怎敢、田希監白　這等屈坐了、各坐科田希監白　起樂、四院子應科內奏樂科田希監白　刺史、唱

黃鐘宮　絳都春序　正曲

纖雲淨捲。韻　湧春宵玉輪讀　分輝節院。韻　寶炬銀花。句　照徹青霄光一片。韻　紫簫蕩處情絲軟。韻　綰引得春風如線。韻合　此宵休負。句　一杯在手。讀　與君歡讌。韻衆全唱

又一體

堪戀（韻）華燈綺席（句）把雲母屏開（讀）水晶簾捲（韻）一片霞光（句）隱約虹橋天半現（韻）神仙富貴眞堪美（韻）燈火下沉沉深院（韻合）不知何處（句）煖香溫語（讀）春風人面（韻）

田希監白　臧老爺送來女子可同家中女樂們一齊喚來侑酒（董知白應科向內白）臧老爺所進美人並府中女樂們走動（雜扮院子戴羅帽穿屯絹道袍繫鸞帶引小旦扮鶯鴻戴過梁額穿舞衣從上場門上雜扮十二女樂各戴過梁額穿舞衣從下場門上雜扮

衆十番家童各戴線髮穿採蓮衣從兩塲門分上吹打十番科院子白 女樂到、仍從上塲門下驚鴻跪科白 驚鴻叩頭、田希監白 起來、驚鴻起衆女樂跪科白 女樂們叩頭、田希監白 起去、衆起科田希監作看驚鴻科白 果然好一箇女子、臧霸白 這是門生一點孝心、驚鴻你可用心進酒歌舞者、驚鴻作送酒畢隨十番歌舞科田希監白 驚鴻進酒、衆女樂合舞一回者、衆女樂作合舞科驚鴻作送酒科衆女樂唱

黃鐘宮正曲 侍香金童 花霧隱簾櫳。句 香罨芙蓉面。韻 今夜笙歌玳筵。韻 人似方壺蓬島仙。韻 獻金卮粉黛爭妍。韻 舞霓裳月彩翩躚。韻 一曲紅牙歌宛轉。韻合 鶯聲低囀。韻 鬢花微顫。韻 怎消他態有餘妍。韻田希監白 吩咐齊舞花燈筵前侑酒、衆女樂從兩塲門分下持燈隨上作合舞科全唱

又一體 渾似舞天花。句 紅紫團成片。韻 鳳蠟光搖畫筵。韻 銀燕金鳧諸色全。韻 陡分開勢隔光聯。韻 合將來月

影團圓（韻）一簇淩波嬌又軟（韻合）燈闌河轉（韻）月當人
面（韻）怎當他魆魆堪憐（韻）田希監白　妙嗄、衆女樂各各
有賞、去罷、衆家童女樂從兩場門分下田希監白　那女
子近前來、妙、果然舞羞飛燕歌賽雪兒也、你多少年紀
了、鶯鴻白　妾身十八歲了、丑扮夫人戴鳳冠穿蟒持家
法從上場門上田希監臧霸各起隨撤桌椅科田希監
白　不好了、夫人知道了、夫人白　老奴才、你好樂呀、田希
監跪科白　夫人少存體面、夫人白　屁的體面、我只當你

宴帳下將官你竟在這裏如此快樂田希監白這都是門生悞我夫人白誰是你門生臧霸跪科白門生見師母夫人白倒是母獅哩我且問你放着你那官不做拿女人來奉承人好不識羞我打箇滿堂紅罷作趕打田希監臧霸隨意發諢科衆全唱

黃鐘宮正曲　滴溜子

河東吼句河東吼疊夫人怒譴韻環堂走句環堂走疊老爺氣喘韻可憐讀花枝驚顫韻夫人白老奴你好嗄唱合合當用大荆句難容告免韻鬧到

天明。讀休想夢圓。韻田希監白夫人請息怒不要氣壞

了、作跪科唱

黃鐘宮雙聲子

正曲

可憐見。韻可憐見。疊衰朽從來善。韻今

偶然。韻今偶然。疊聊復烟花戀。韻白夫人嗄、唱你少年。

韻我以前。韻合也曾竭趨承。讀這般那般。叶夫人白狗

屁倒扯下我來了、吽聽用官來、田希監白聽用官快來、

董知白應科田希監白用心聽夫人吩咐、夫人白你是

董知白、董知白白小人是、夫人白我知道你平日是箇

老成人把這小賤人領到你家速速轉賣他到遠方去其餘女樂也不許存留一發散與沒女人的家丁去罷董知白白小人理會得、田希監白快些領出去、董知白白引驚鴻從下場門下夫人指臧霸白你還不快走再不許上門、臧霸叩頭科白夫人息怒如今臧霸理會得了、如今就只管奉承夫人了、夫人白狗官快去罷、臧霸起科仍從上場門下夫人白我到裏頭去慢慢的與你算賬、田希監起科唱

慶餘

曾陽弋誰能挽。叶歲歲年年不得安。叶夫人白你怨我麼、田希監白怎敢怨着夫人、唱但願百歲長承小杖歡。叶夫人田希監各隨意發諢科從下場門下衆院子從上場門下

勸善金科 第五本卷上

第七齣 悞殺傷歡喜寃家 東鍾韻

小旦扮李翠娥穿衫從上塲門上唱

商調引 遶池遊 情根恰種。韻 猶恨擔虛恐。韻 問幾時宴然同夢。韻

生扮董知白戴員帽穿圓領繫鑾帶持燈籠引小旦扮驚鴻戴過梁額穿舞衣從上塲門上董知白唱

娘行珍重。韻 何須悲痛。韻 暫盤桓 自有 荆妻陪奉。韻 作引驚鴻進門科向李翠娥白

這位小娘子、是臧刺史送

與都督爺的被夫人不容吽我領出轉賣你可用心陪伴待明日禀過都督爺自有着落把娘子這一間臥房讓與小娘子權住你就搬到我房中去罷今日夜晚我不便在家到衙門中去宿了李翠娥應科董知白白小娘子且請寛心明日自有周全作出門科仍從上場門下李翠娥作閉門科場上設桌椅內起更科李翠娥白姐姐請坐各坐科李翠娥白姐姐你的事情實是坎坷今日燈前共對何不把幽情細說一番鶯鴻白既承垂

問、願剖衷情、唱

商調正曲　二郎神　還擔恐。韻那河東果然兇勇韻擬赴巫山雲雨夢。韻驚魂一晌。句妒花枝無賴春風。韻好教我一點靈犀何處通。韻猛可的思之腸痛。韻合恨無窮。韻却到今宵。讀愁苗乍種心中。韻

李翠娥白　姐姐、你的苦楚、我都曉得、只是我的憂悶、却向誰言、唱

商調正曲　集賢賓　燈前淚染襟袖紅。韻兩般恨一樣愁容。韻

起作泣科唱　何日鴛鴦同舊夢。韻那人見蓬影萍蹤。韻

佳期懵懂。韻　却像那橋空河迥。韻合　心顫動。韻　怪今夜艶情千種。韻內打二更科場上左側設帳幔桌椅科李翠娥白　夜已深了、待我領姐姐安置了罷、鶯鴻虛白科隨撤桌椅李翠娥作持燈引鶯鴻進左側房門隨閉門科鶯鴻白　我好薄命也、唱

商調正曲　黃鶯兒　愁坐小窗中。韻作脫衣科唱　卸春衫倚繡籠。韻白　我與那都督呵、唱　思將歌舞承新寵。韻　知音幸逢。韻　芳心正濃。韻　奈　狂飈驟雨摧殘重。韻合　恨天公。韻

那堪鎩羽。句 飄泊任東風。韻作睡科中場設帳幔桌椅科李翠娥作轉進中堂房門置燈科白 今夜莫生、想是不來了、唱

又一體

聽盡畫樓鐘。韻 守更殘人未逢。韻 欹斜鴛枕 把香衾擁。韻白 奴與莫生、須圖箇長久歡會纔好、唱 歡娛務永。韻 謀全始終。韻 那時節 阮郎逗破相思夢。韻白 咳、今夜莫生偶然不來、奴便好孤悽也、唱合 似孤鴻。韻 天邊叫月。句 魂斷一聲中。韻唱

慶餘　繡幃春暖誰人共。韻作睡忽驚起科白呀好作怪幾番睡去復又驚醒了是何緣故唱怎一霎時神魂驚恐。韻且吹滅銀釭尋一箇夢裏逢。韻作復睡科內打三更科副扮莫可交戴氈帽紮包頭穿窄袖繫鞭帶帶火種持刀從上場門上白　事不關心關心者亂我莫可交平日間殺人放火原是長技只因沒奈何寄食董知白家與翠娘一番恩愛也是前緣如今我若不去害了董知白他若曉得必然要害我主意已定先將火種放在身旁前去將這老賊一刀刺死即便領着翠娘逃走那時一把火焚其屋宇自然人人都去撲救誰來追我好計就此前去舉行此事便了來此已是不免挨門而進作撬門進到左側房聽科驚鴻內作歎科莫可交白這是翠娘的房內了你聽嬌息微吁想是睡着了不要驚動他作轉至中堂科白這是董知白的房想這老賊現在牀上正是他死期已到了不免推門直入作進房殺死李翠娥科丑扮鬎鬁戴鬎鬁腦包穿喜鵲衣繫腰裙

從下場門上白方纔睡去、聽我主人房中甚麽響動、莫可交作忽值鬀鬀隨殺死科白且喜俱已被我殺死、不免放起火來作速同着翠娘逃走罷、作出火種放火科轉向左側房作進門科白四面火起、隨我逃命、隨負鸞鴻作出門科從下場門下董知白持燈籠從上場門急上唱

南呂宮正曲

東甌令騰騰焰。句滿城紅。韻白那裏說起、夜半三更、有人來報、說家中失火、不免急急前去、唱性急投

西復向東。韻白 造化火倒息了、鬎鬎那裏、作被絆跌隨

起持燈籠照看科白 不知何人將小厮殺在此處娘子、

娘子也被人殺死了、作尋叫驚鴻科白 小娘子、好奇怪、

小娘子也不見了、這怎麽處、唱 天殃陡降心驚恐。韻 聽

一派人聲哄。韻合 好似 阿房一炬盡成空。韻 心狠楚重

瞳。韻白 也罷、且把這死屍移過一邊再做道理、作向下

喚科白 衆位鄰舍快來、雜扮衆隣居各戴氊帽穿各色

道袍從兩場門分上董知白虛白命衆扛二屍從下場

門下隨上衆虛白仍從兩塲門分下董知白白　我不免連夜報知都督老爺去。從下塲門急下雜扮四番役各戴鷹翎帽穿窄袖卒褂佩刀持火把燈籠引淨扮巡夜官戴卒盔穿中軍鎧佩刀執令箭從上塲門急上衆仝

唱

又一體

嚴巡夜。句　掛刀弓。韻　令箭高擎走似風。韻

巡夜官白　該地方聽者。都督大老爺有令。吩咐早閉柵欄。不許夜行。

唱　沿街閉柵休寬縱。韻　如遇着嚴拿送。韻

白　咦

遠遠看見、有人走來了、手下的、與我快些追上去、衆應
遶場科仝唱合　城門鎖鑰密重重。韻來往勿通融。韻仝
從下場門下莫可交負驚鴻從上場門急上唱
南呂宮
正曲　金錢花　疾忙走似飛風。韻飛風。格到處嚴禁難
容。韻難容。格白　不好了、看前邊無路可行、後邊追趕甚
緊、翠娘、我也顧不得你了、驚鴻白　我不是甚麼翠娘、莫
可交作殺死驚鴻科唱　一身逃出是非叢。韻作棄刀科
唱合　都除却。讀不留踪。韻心地好。讀仗天公。韻急從下

場門下董知白持燈籠從上場門急上唱

又一體

一天禍降從空。韻從空。格耳邊聽得喧閧。韻喧閧。格作被絆跌科四番役引巡夜官從上場門急上仝

唱手提都督大燈籠。韻作見董知白科衆仝白夜半三更。在此做甚。原來殺死一箇婦人在此。況有兇器現在。快拿去見都督老爺。董知白白我是都督衙門聽用官。正要見都督老爺的。你們何須如此。巡夜官白這箇我總不管。且解到都督老爺處。以憑發放便了。衆應科仝

唱合拿獲了讀莫寬容韻都解去讀聽天公韻全從下

場門下

第八齣 錯判斷糊塗官府 眞文韻

雜扮四軍牢各戴軍牢帽穿窄袖繫軍牢裙持刑杖雜扮四將官各戴將巾穿蟒箭袖排穗持刀雜扮二中軍各戴中軍帽穿中軍鎧佩刀引淨扮田希監戴金貂穿蟒束玉帶從上場門上唱

仙呂宮引 番卜算

身顯賴皇恩。韻節鉞專司閫。韻一聲咳唾變風雲。韻遐邇都驚震。韻場上設公案虎皮椅轉場入座科雜扮差官戴將巾穿蟒箭袖排穗持公文從上場門上白　投文人告進、衆白　進來、差官作進門呈公文中軍作接呈田希監看科差官白　奉李令公將令、今因李希烈背恩反叛、着傳與都督爺、各處關津隘口、俱要添兵把守、不可怠緩、田希監白　曉得了、且在外廂候領回文、差官應科從下場門下淨扮巡夜官戴卒盔穿中軍鎧執令箭從上場門上白　巡夜官告進、衆白　進來、巡夜官作進門科田希監白　巡夜官、我着你去救火想是即

時撲滅了可曾傷人否巡夜官跪科白巡夜官有事稟上老爺田希監白有甚事起來稟巡夜官起科白昨夜三更時分小官巡至南城呵唱

仙呂宮正曲　園林好

見南城祝融起氛韻四望裏霧塞雲屯韻有一人踉蹌行近韻合持兇器殺傷人韻持兇器殺傷人疊白卑職正往南城救火見一人將一女子殺死在地上前細看原來就是標下武弁拿到臺前聽候發落田希監白既是我標下屬員如何不知法度帶他上

來巡夜官作出門向下喚科雜扮二番役各戴鷹翎帽穿窄袖卒褂帶生扮董知白戴髮網穿道袍繫腰裙從上場門上巡夜官引進門科巡夜官二番役仝從上場門下田希監白原來就是董知白麽你一向效用轅門素稱醇樸爲何犯夜殺人是何道理可從實說上來董知白跪科白老爺聽稟唱

仙呂宮正曲 江兒水 寒舍遭回祿句中心先自焚韻田希監白那失火的原來就是你家麽董知白唱匆忙歸去將

人問。韻 本爲惶惶心着緊。韻 誰知二人身命先傾殞。韻
田希監白 敢是火內燒死了人、董知白白 小人家中、並
無別人、只有一妾與一鬎鬎小廝、俱不知被何人殺死
在地、田希監白 你平日敢有甚麼冤讐麼、董知白唱 平
日並無讐恨。韻 田希監白 昨日夫人叫你領回去的人
呢、董知白白 老爺、唱合 正在尋蹤。句 要問取佳人音信。
韻白 小人急忙尋取昨日的女子、不料行到中途忽然
絆倒、那女子、作住口哭科 田希監虛白董知白白 那女

子也不知被何人殺死在半路裏了、田希監作怒科白哇、我曉得了、不姦不殺、決是那女子、與你有私、却被你家人瞧破、你恐怕姦情敗露、所以就把那兩人殺死、你却同他欲避他方、不料途中被我巡夜官追上、只得又將女子殺了、以滅其口、董知白白爺爺冤枉、田希監白情實罪當、你還有何分辯、中軍、你同鄜州刺史速往相驗身屍回報、一中軍應科從上場門下田希監白左右將董知白重打四十、衆作行杖科董知白唱

仙呂宮正曲 五供養 青天頂近。韻 這屈情由 讀 好沒來因。韻 田希監唱你 故將兒意逞。句 要占美紅裙。韻 董知白唱 忠誠服役。句 豈愛色行兒人品。韻 田希監白 你不愛色、倒笑我愛色、明明是箇兒徒、左右、與我拶起來、衆作上拶科 董知白白 爺爺、若罪小人不小心、將領去女子被人殺死、情願認罪、若說姦殺、斷斷不敢認、唱 合 不合雙遭害。句 情願罪單身。韻 問成淫殺、讀 難稱平允。韻 中軍從上場門上作進門科白 卑職同臧刺史、到董知白家下相驗李氏殺在房中小廝禿子殺在門外有一箇女子殺在半路臧刺史認得是他昨日送來的女子田希監白　我料得不錯你這狗才昨日領了我的女子去就起這樣不良之心可恨董知白白　爺爺唱

仙呂宮　玉嬌枝　正曲　再求明訊韻　這情由全沒本根韻　全家兩命都陪殉韻　何曾有執證親鄰韻　伶仃一身久賴恩韻　忠誠矢咎原安分韻合　望恩臺須將枉伸韻白　阿呀爺爺嗄唱　論明刑須察覆盆韻田希監白　我好好一箇

女子、被你殺死、倒笑我不能明刑、左右的、與我敲、衆作敲科董知白唱

仙呂宮〔川撥棹〕難逃遁。韻虎方剛怒正嗔。韻禍根苗起正曲

自夫人。韻禍根苗全在佳人。疊這其間百口難分。韻田

希監白你這狗才、原圖自家歡樂、唱合又誰知翻自焚。

韻到如今受苦辛。韻白放了撥、衆作鬆撥科田希監白

問他可招、董知白白冤枉難招、田希監白看短夾棍夾

起來、董知白白受刑不過願招、田希監白快些畫供、一

正中軍付紙筆科董知白唱

又一體　欲待招承一命淪。韻　欲待不招　奈刑逼身。韻　好教人進退無門。韻　好教人進退無門。疊　這其間如何處分。韻合　盼天呵天也昏。韻　呌地呵地不聞。韻白　畫了罷、作畫供科中軍呈遞供詞科白　畫供畢、田希監白　凶器貯庫、罪人押赴軍牢中不許放人進監看視、丑扮禁子戴棕帽穿窄袖繫肚囊從上場門上作進門科白　當堂上鎖、田希監出座從下場門下隨撤公案虎皮椅科衆

從兩場門分下禁子帶董知白作出門科董知白唱

慶餘　萬般苦楚都嘗盡。韻　誰誦周官三訊。韻　公論應傳弔屈文。韻

全從下場門下雜扮四將吏各戴將巾穿蟒箭袖排穗執旗雜扮四功曹各戴功曹帽穿雁翎甲掛年月日時牌雜扮二判官各戴判官帽穿圓領束角帶執筆簿引雜扮採訪使者戴嵌龍幞頭穿蟒束玉帶從上場門上唱

雙調正曲　鎖南枝　停雲駕。句　臨鉞門。韻　奇寃可憐陷正人。韻

白原來田希監屈陷董知白以殺人之罪、唱我欲施法救無辜。句也是他命應遭厄運。韻白那董知白今生雖則無罪前世却合遭刑、只是田希監枉害平人、功曹將吏可登記明白、一判官作書簿科採訪使者白昨日在三天門下、公議叛案田希監亦是數內之人、將來自有報應、且往別處巡察一番、衆應遶場科仝唱合這果報。句却有因。韻安排得。句恁般准。韻仝從下場門下

第九齣　動凡心空門水月　古風韻

小旦扮尼靜虛戴尼姑巾穿水田氅繫絲縧帶數珠持拂塵從上場門上唱

四平調曲　削髮爲尼實可憐。韻禪燈一盞伴孤眠。韻光陰易過催人老。句辜負青春美少年。韻南無佛。格阿彌陀佛。格中場設椅轉場坐科白　三千禪覺侶十八女沙彌應似仙人子、花宮未嫁時、小尼靜虛自入菴門謹遵師敎每日看經念佛不敢閒遊誰想塵心未斷俗念頓生對此佳景令人感傷今日師傅師兄俱已下山去了奴家獨自看守山門正是寂靜禪房無箇伴鳥啼花落有誰憐不免將我出家的光景摹想一番則箇起隨撤

椅科唱

四平調曲　山坡裏羊　小尼姑讀年方十八韻正青春讀被師傅削去了頭髮韻每日裏讀在佛殿上燒香換水句見幾箇讀子弟們遊戲在山門下韻他把眼兒瞧着咱韻

咱把眼兒覷着他韻他與咱　咱與他韻兩下裏都牽掛韻寃家韻怎能彀成就姻緣句就死在閻王殿前句由他把碓來舂句鋸來解讀磨來挨讀放在油鍋裏煠韻由他韻則見那箇活人受罪句那曾見死鬼帶枷韻由他韻火燒眉毛讀且顧眼下韻火燒眉毛讀且顧眼下疊塲上設桌椅上設經卷木魚科靜虛白記得當初在爹娘身畔　插柳穿金梳得光油油的頭兒穿得紅拂拂的襖兒圍繞膝前　何等歡喜　今日削髮爲尼　你道却

爲何因唱

四平調曲　初轉採茶歌　則因俺父好看經句俺娘親愛念佛韻暮禮朝參讀燒香供佛韻生下我來疾病多韻因此上把奴家讀捨入在空門讀爲尼寄活韻與人家追薦亡靈句不住口念着彌陀韻只聽得鐘聲佛號句不住手擊磬搖鈴句擊磬搖鈴讀擂鼓吹螺韻平白地讀與地府陰司讀做功果韻入桌坐科唱

四平調曲　二轉杜鵑花　多心經都念過韻孔雀經參不破韻

惟有蓮經七卷讀是最難學句喈師傅讀在眼裏夢裏都教過韻念幾聲南無佛韻哆咀哆韻薩摩訶韻般若波羅韻念一聲彌陀韻恨一聲媒婆韻念一聲娑婆訶韻叫一聲沒奈何韻念幾聲哆咀哆韻怎知我感歎還多韻出桌隨撤桌椅科白展轉思量心中焦躁不免到廻廊下散步一回多少是好唱遶廻廊散悶則箇韻遶廻廊散悶則箇疊白轉過廻廊下又到佛堂前你看那些羅漢面貌不同神情各別塑得來好不蹊蹺也唱

又只見　那兩旁羅漢。句　塑得來有些

四平調曲　五轉哭皇天

傻角。韻　一箇兒　抱膝舒懷　讀　口兒裏念着我。韻　一箇兒

手托香腮　讀　心兒裏想着我。韻　一箇兒　眼倦開　讀　朦朧

的覷着我。韻　惟有　布袋羅漢笑呵呵　韻　他笑我時光錯

句　光陰過。韻　有誰人。句　有誰人　讀　肯娶我　這　年老婆婆

韻　降龍的惱着我　韻　伏虎的恨着我　韻　長眉大仙愁着

我。韻　愁我老來時　讀　有甚麽結果。韻　內奏樂科　靜虛白

門外鼓樂聲喧不免到高阜之處偷覷則箇　雜扮六局

人各戴紅氈帽穿箭袖繫搭包披紅氈雜扮二燈夫各戴紅氈帽穿窄袖執燈雜扮二院子各戴羅帽穿屯絹道袍繫鑾帶雜扮八吹手各戴紅氈帽穿窄袖繫搭包執樂器丑扮儐相戴儐相帽穿藍衫披紅副扮媒婆穿老旦衣披紅雜扮四轎夫各戴紅氈帽穿箭袖轎夫衣擡花轎小生扮新郎戴巾穿道袍騎馬仝從上場門上遶場科從下場門下靜虛白 原來是山下人家娶親的前面綵旗鼓樂人從跟隨這時節新人乘轎新郎騎馬

到晚間歸了洞房不知作出什麼事來我想人生在世男大當婚女長須嫁夫妻會合禮所當然偏我靜虛呵

唱

四平調曲　【四轉香雪燈】佛前燈（讀）做不得洞房花燭（句）香積厨（讀）做不得玳筵東閣（韻）鐘鼓樓（讀）做不得望夫臺（句）草蒲團（讀）做不得芙蓉軟褥（句）我本是女嬌娥（韻）又不是男兒漢（句）爲何腰繫黃絛（句）身穿皂袍（句）見人家夫妻們灑落（韻）一對對著錦穿羅（韻）天那不由人心熱如

火韻不由人心熱如火疊白先前凡心難起看了這樣光景我也把不住了且喜師傅師兄都已出去不免逃下山去尋箇終身結果快活這下半世有何不可有理

唱

四平調曲風吹荷葉煞

我把袈裟扯破韻賣了藏經讀棄了木魚讀丟了鐃鈸韻學不得讀羅剎女去降魔韻學不得讀南海水月觀音座韻夜深沉獨自臥韻起來時獨自坐韻有誰人孤恓似我韻似這等削髮緣何韻恨只

恨讀說謊的僧胡做韻那裏有讀天下園林樹木佛韻
那裏有讀枝枝葉葉光明佛韻那裏有讀江湖兩岸流
沙佛韻那裏有讀八萬四千彌陀佛韻從今去讀將鐘
樓佛殿遠離却句下山去讀尋一箇年少的哥哥韻憑
他打我韻罵我韻說我韻笑我韻一心不願成佛韻不
念彌陀韻般若波羅韻但願生下一箇小孩兒句却不
道是讀快活殺了我韻從下場門下

勸善金科第五本卷上

第十齣　墮戒行禪榻風流　古風韻

丑扮僧本無戴僧帽穿僧衣繫絛繫帶數珠持拂塵從上場門上唱

【四平頌子 調曲】青山影裏塔重重。韻南無。格一逕斜穿十里松。韻南無佛。格阿彌陀佛。格春來萬紫共千紅。韻南無格春去園林一夜風。韻南無佛。格阿彌陀佛。格前日是兒童。韻今朝是老翁。韻南無。格人不風流總是空。韻南無佛。格 阿彌陀佛。格 中場設椅轉場坐科白 林下曬衣嫌日淡池中濯足恨魚腥靈山會上三千寺天竺求來萬卷經自家從入沙門謹遵師訓每日裏撞鐘擂鼓掃地焚香學科寫字十分辛苦今日師傅師兄俱下山赴齋去了我一人在此看守家中不免往山門外遊耍一番有何不可 起隨撤椅科白 你看果然好景致也 西江月 對對黃鸝送巧雙雙紫燕銜泥穿花蝴蝶去還回蜂採花鬚釀蜜陣陣落花隨水聲聲杜宇催歸不如歸去我曾知爭奈欲歸猶未山門外的景致不過如此不免將我從小出家的苦楚倒要編他一套曲子唱唱了不是嗄這是我們老師傳代代傳下來的（唱）

【雙調集曲】【江頭金桂】（五馬江兒水首至五）自恨生來命薄。（韻）襁褓裏懨懨疾病多。（韻）（白）我想人家受苦的也有也有老來受苦中年受苦再不然十來歲上就受苦誰似我和尚在那娘肚子裏就苦出來了（滾白）諸人命苦誰似我孤辰戀照入空門我還在襁褓裏懨懨疾病多因此上爹娘憂

慮　白　我那母親疼子之心無所不至請了箇算命先生
將我八字推算推算那先生就猶如活見鬼的一般他
說道令郎的八字混雜須要更名改姓纔養得大　滾白
他道我命犯孤魔三六九歲其實難過　白　我那爹娘就
起了這箇念頭　唱　送我向空門削髮　句　燒香奉佛　韻　這
其間也則是沒奈何　韻　白　我如今埋怨也遲了當初我
那師傅也曾說過他說徒弟不要出家出家人有許多
難處我說道師傅徒弟既來出家不過是念佛看經學

科寫字有甚麼難處我那師傅說我的兒你那裏曉得

滾白 香醪美酒應無分紅粉佳人不許瞧雪夜孤眠寒悄悄霜天削髮冷蕭蕭

唱金字令 五至九 受盡了萬難千磨韻許多折挫 韻作忽哭復笑科白 非是我又哭又笑笑有所因哭有所謂我這山門每逢朔望大開山下婦女前來降香內中有一箇婦人生得十分輕狂他把手兒這等插着屁股兒撅着嘴兒尖着喲你們大家等我一等我和尚一見把魂都掉了一夜也不曾睡着次日清

晨起來臉皮也瘦了眼眶也蹋了被我那師傅看破叫了聲本無我把你這畜生你一進我這山門來肥肥胖胖的一箇和尚如今弄的來臉皮也瘦了眼眶都蹋了想是你動了慾念只該一頓亂打趕下山去我慌忙的跪下我說師傅徒弟既來出家不過是念佛看經學科寫字並無甚麼雜念徒弟如今離着天只有三寸半了我師傅說分明被我看破還在這裏遮掩收拾經擔隨我下山不多一時到了一箇人家上面掛了三尊佛像

打了幾下鼓撞了幾下鐘那人家走出許多大大小小男男女女標標致致都打我和尚眼皮兒底下經過我和尚一見把念頭又動了。唱 偏我饞眼明明看見。句 俊俏嬌娥。韻滾白 果然是臉如桃花鬢似堆鴉十指纖纖金蓮三寸傾國傾城且莫說凡間女子。唱 就是月裏嫦娥也難賽他。韻滾白 因此上心頭牽掛爲甚的朝朝暮暮撇他不下歸家來也只是念彌陀木魚敲得聲聲響我的意馬奔馳怎奈何。白 住了難道爲了箇婦人只管想想癡了不成想我那師傅銀錢最多不免偷些逃下山去養出頭髮娶一房媳婦生男長女豈不是好就是這箇主意。滚白 我把僧房封鎖脫了袈裟從此丢開三昧多。丢拂塵科白 非是我背義私逃做和尚的沒妻沒子。唱桂枝香 七至末 只恐怕終無結果。韻白 僧房道院不是好所在分明是陷人坑。滚白 我將這陷人坑。唱 從今打破。韻合 漫延俄。韻 劉郎採藥 桃源去。句 未審 仙姬得會麽。韻隨意發諢科從下場門下

勸善金科第五本卷上

第十一齣　僧尼山下戲調情　古風韻

小旦扮尼靜虛戴尼姑巾穿水田氅繫絲縧帶數珠持拂塵從上場門上唱

仙呂宮正曲　步步嬌　離了菴門來山下。韻善念從今罷。韻行行徑路差。韻忽聽得鴉鵲齊鳴。句心中疑訝。韻合此去恐有波查。韻由不得擔驚怕。韻丑扮僧本無戴僧帽穿道袍帶數珠從下場門上白　怕甚麼有我和尚在這裏

優尼何來、靜虛白 小尼在仙桃菴來、本無白 往那裏去
靜虛白 往母家去、本無白 你我出家之人不認族也說
甚麽母家、靜虛白 諾人以兼愛病我釋家之流我今探
問母親正是愛無差等施由親始之意也上人休得見
誚、本無白 說得有理、靜虛白 敢問上人何來、本無白 小
僧從碧桃菴來、靜虛白 往那裏去、本無白 下山抄化、靜
虛白 人以遊手遊食病我釋氏之流上人在山自食其
力可也何用抄題、本無白 諾古人云養兒代老積穀防

饑。我今師傅有病在山。命我下山抄化。正是子路負米之意也。優尼休得見誚。靜虛白 說得有理

四平頌子 尼姑下山爲母親。韻本無唱 和尚下山爲師

調曲 尊。韻靜虛唱 正是相逢不下馬。句本無唱 前程各自奔

韻 南無阿彌陀佛。格作看靜虛科靜虛白 瞧甚麼 本無

白 不是我瞧你。我後面有箇小和尚。故此望望他。靜虛

白 原來如此 本無唱

又一體 各人心事各人知。韻靜虛唱 你往東兮我往西。

後面來有箇小尼姑、哭哭啼啼、想是尋你的、靜虛白 沒有甚麼小尼姑、本無白 你說有箇小尼姑、靜虛白 我方纔說的小尼姑麼、這是哄你和尚的、本無白 哄我和尚的、靜虛白 我方纔來見箇小和尚、哭哭啼啼、想是尋你的、本無白 小和尚、沒有甚麼小和尚、靜虛白 你說有箇小和尚怎麼沒有、本無白 你那小尼姑是哄我的、我這小和尚還是要你的、靜虛白 我實對你說罷、我是逃下山來的、本無白 怎麼你是逃下山來的、我還是溜下山來的、靜虛白豈不聞從仙桃菴來、本無白豈不聞從碧桃菴來、靜虛白仙桃也是桃碧桃也是桃、你我二人都是桃之夭夭、本無白既曉得桃之夭夭當曉得其葉蓁蓁、你做箇之子于歸、我和你宜其家人、靜虛白地方、本無白啐、此乃古廟之所、那有地方、靜虛唱

南呂宮正曲　一江風

謾輕狂。韻敢把春心蕩。韻果然是膽大天來樣。韻白可知你墨名儒行、唱你是箇獸心腸。韻不守三皈。句不畏四知。句五戒何曾講。韻合笑伊不忖量

韻 笑伊不忖量。疊料 此事焉容强。韻 羞殺你騷和尚。韻

本無唱

又一體 見嬌娘。韻滾白 世間女子見過有萬萬千千 何曾遇着這嬌娘、唱 見嬌娘頓 使我神魂喪。韻靜虛白 這豈是你我出家人做的事、本無唱 論神仙 自古多情况

韻靜虛白 那有這等神仙、本無唱 那襄王。韻 與神女 暮暮朝朝。句 爲雨爲雲。句 總在陽臺上。韻靜虛白 也不是甚麽好名聲、本無唱合 他 到今名顯揚。韻 到今名顯揚。

疊你何須苦自防。韻靜虛白只怕菩薩也不容你、本無白難道佛爺菩薩都是撒把種兒種出來的不成、滾白那大菩薩小菩薩也都是爹娘養、一見你嬌模樣頓使我神魂蕩、唱休得要裝模樣。韻靜虛白沒奈何你起來罷、我和你一路而行、誰不曉得是和尚尼姑背師私逃的、你且先行幾步、只說是抄化的、我在後面徐行、只說往母家探問、待夜晚之時、無人知覺、尋箇僻靜所在、相會便了、本無白說得有理、我不免前去、從下場門下靜

虛唱

四平調曲頌子 男有心兮女有心。韻 那怕山高水又深。韻 約定夜深尋僻處。句 有心人會人有心。韻 南無阿彌陀佛。

格從下場門下本無虛白從上場門上白 來此一道河、這怎麼過去、有了、脫了靴子過去、作虛白脫靴過河科

白 把靴子又忘了來了、說不得再過去取、復作過河科

白 這靴子放在那裏好有了、銜在嘴裏、復作過河科靜

虛從上場門上白 師傅、師傅、本無白 我只道你已過河

了、怎麼纔來、靜虛白 這等我回去了、本無白 不要去、我就過來、復作過河科靜虛白 怎麼樣過去、本無白 說不得我駝你過去、虛白負靜虛作過河科白 待我穿上靴子、這裏四顧無人、我與你拜拜天地、仝作拜天地科唱

中呂宮 駐雲飛 正曲

前世前緣○韻 此日相逢豈偶然○韻本無唱 喜見多嬌面○韻 得遂三生願○韻 嗏○格靜虛唱 你我兩心堅○韻 恩情不淺○韻 肉體相偎○讀 恨不得 團成片○韻本無白 我且問你、你叫甚麼、靜虛白 我叫做沒奈何、本無

唱合你是沒奈何撞着我歪厮纏○韻各隨意發諢科仝

從下場門下

第十二齣　婢僕園中謀瘞骨　古風韻

旦扮劉氏穿氅從上場門上唱

黃鐘宮引　疎影　春光易謝。韻　聽枝頭杜鵑。讀　聲聲啼血。韻　滿院槐風。句　一庭莎雨。句　又見梨花飛雪。韻　中場設椅轉場坐科小旦扮金奴穿彩背心繫汗巾從上場門上唱

看丁香雨後幾枝斜。韻　那愁腸爲誰寸結。韻　人生須信。句　美酒佳餚。句　還當歡悅。韻　劉氏白　踏莎行前段　驟雨

摧花、狂風吹絮天涯、芳草春將暮、凭欄幾度暗傷情、茫茫愁思渾無據、金奴白踏莎行後段 鵲喚春來、燕銜春去、流鶯百囀疑如訴、斜陽庭院落紅多、殘春應是留難住、劉氏白 小官人、往會緣橋濟貧去了、想我光陰有限、可歎、可歎、金奴白 安人、有福之人、不得安享富貴榮華、受制於人、實爲可歎、劉氏唱

商調正曲 黃鶯兒 杜宇苦悲啼。韻 促風花片片飛。韻 鳥聲物色。這都是傷春意。韻 感時換移。韻 令人慘悽。韻 只落得

蕭蕭華髮多憔悴。韻白 小官人呵、唱合 念阿彌韻 熬清
守淡。句 不顧奉慈幃。韻金奴唱
又一體
日月苦奔馳。韻 似長江急浪催。韻白 人生在世、
有少必有老老了難得小此乃理之當然、唱 可笑看經
念佛成何濟。韻白 老安人、唱 不用歎息。韻 須當主爲。韻
論 養身還是膏粱味。韻白 小官人呵、唱合 念阿彌韻 熬
清守淡。句 不顧奉慈幃。韻劉氏白 念佛喫齋明知是謬
但員外吩咐如此孩兒又不忍違、所以遲遲耳金奴小

官人不在家中所殺犧牲那些骨頭原在倉內你可與
安童擡到後花園中好生埋了。金奴白曉得安童那裏
小生扮安童戴羅帽穿屯絹道袍繫鸞帶從上場門上
白忽聞堂上喚忙步到堦前老安人有何吩咐。劉氏白
小官人不在家中所殺犧牲那些骨頭原在倉內你可
與金奴擡到後花園中好生埋了。唱
商調集曲 公子穿皂袍 黃鶯兒首至合 聽我說因依。韻即忙行不可
遲。韻白你兩人呵。唱一齊同去須着意。韻往花園僻地。

韻將骨頭埋起。韻管教踪跡難尋覔。韻安童金奴仝白我等曉得、唱皂羅袍合至末挖開土泥。韻深埋土裏。韻休留踪跡。韻破談是非。韻金奴白老安人、這骨頭不埋他也不妨、終不然還怕小官人、和益利這老狗才不成、劉氏白不是、埋了之時呵、唱免教母子傷和氣。韻從下場門下安童金奴隨下場上設桌椅科走場人扛丑扮土地戴巾穿土地氅繫絲縧持拂塵從上上場門上入桌坐科復扛雜扮判官戴判官帽穿蟒箭袖卒褂執筆簿復扛

雜扮小鬼戴鬼髮穿蟒箭袖卒褂各從兩塲門分上立科安童金奴作擔筐持鍬仝從上塲門上唱

仙呂宮　皂羅袍　正曲

奉命休教遲滯。韻此埋胔掩骼、讀事略差池。韻內作鬼聲科金奴白是那裏鬼叫、安童白是鵝叫、金奴白分明是箇鬼叫、安童白自古道疑心生暗鬼、青天白日、那裏有鬼叫、金奴唱忽聞耳畔鬼聲啼。韻使咱心下多驚畏。韻安童白就是這裏埋罷、仝作挖土埋骨科唱合挖開土泥。韻深埋土裏。韻金奴白不該埋在土地面前、安童白 金奴姐、我和你商議、如今將這土地神像、與判官小鬼、一併丟他在金魚池裏、你道好不好、金奴白 正該如此、仝作扛土地判官小鬼入魚池科土地判官小鬼從地井下安童金奴仝唱同把 鬼判土地。韻一併 撇向池水。韻 免教母子傷和氣。韻仝從下場門下土地判官小鬼仍從地井上土地白 好惡小厮、惡了頭、從來家人犯法、罪坐家主、此皆劉氏之罪也、待我奏知東嶽大帝、早降惡報便了、判官小鬼白 正該如此、土

地唱

商調集曲公子穿皂袍黃鶯兒首至合神鬼本難欺。韻未舉意已先知。韻他將骨頭埋在花園內。韻殺生造罪。韻將誓盟故違。韻須知天地難瞞昧。韻皂羅袍合至末劉氏所爲。韻事難提起。韻造下業罪。韻有誰替你。韻到頭來禍至應難悔。韻全從下塲門下

勸善金科 第五本卷下

第十三齣 註死生難逃岱嶽 眞文韻

雜扮四鬼卒各戴鬼髮紮金箍軟紮扮持狐尾鎗雜扮四判官各戴判官帽穿圓領束角帶持筆簿從兩場門分上合舞畢各分立科雜扮四宮官各戴宮官帽穿圓領繫絲絛執符節龍鳳扇引淨扮東嶽大帝戴冕旒穿蟒束玉帶執圭從上場門上唱

仙呂調隻曲 點絳脣 岱嶽威尊。韻 位居高峻。韻 威靈震。韻 善惡攸分。韻報應從來准。韻場上設高臺帳幔桌虎皮椅轉場陞座衆各分侍科東嶽大帝白位列天齊玉簡須扶持良善去奸頑天堂地獄憑誰造只在伊人方寸間吾乃泰山東嶽大帝秩視三公名高五嶽世享熙朝之祀貴爲大帝之尊降禍降祥因一念之善惡註生註死掌六道之輪廻今乃考察之期定有神祇呈奏人間善惡衆鬼判須當整肅威儀者衆應科丑扮土地戴紥紅紗帽穿圓領束金帶執笏從上場門上唱

又一體 善惡原因。韻 糾查無隱。韻 難相混。韻 造作由人。韻 罪業難逃遁。韻 白 來此已是東嶽大帝殿庭、不免進見、作進門參拜科白 上帝聖壽、東嶽大帝白 堦下跪者何神、土地白 小神王舍城當方土地是也、特地前來申報傳門劉氏巨惡、東嶽大帝白 有何事情、一一奏來、四宮官白 奏來、土地唱

中呂宮正曲 駐馬聽

上啓帝君。韻 傳姓從來結善因。韻 傳相的修行樂道。句 廣積陰功、讀 德滿乾坤。韻 一朝昇躋位

高眞韻嗣兒能把親心順韻白只有其妻劉氏唱合他

並不依遵韻造椿椿罪業讀一言難盡韻東嶽大帝白

可將劉氏所造罪業一一陳奏四宮官白奏來土地唱

又一體他毀像欺神韻惡蹟昭彰不忍聞韻謾說開葷

飲酒句又烹犬齋僧讀巧計瞞人韻把橋梁齋舍盡燒

焚韻罪盈惡貫實堪恨韻白把他丈夫遺囑呵唱合他

並不依遵韻造椿椿罪業讀一言難盡韻東嶽大帝白

據爾土地之言那傅門劉氏棄善爲惡罪在不赦但彼

乃勸善太師之妻雖犯滔天之罪吾神不可竟賜惡報
你可回去通知本宅司命必須請過玉旨發下酆都命
閻羅差鬼捉拿方可報應施行四宮官白退班土地起
科白聖壽作出門科白善惡到頭終有報只爭來早與
來遲從下場門下東嶽大帝唱
仙呂宮
正曲
皂羅袍
那善惡分明難混韻歎惟人自造讀禍
福無門韻陰曹報應不爽半毫分韻因因果果從心印
韻下座科衆合唱合高懸業鏡句如影隨身韻明彰法

綱。句如木附根。韻昭昭天道由來近。韻衆擁護東嶽大

帝仝從下場門下

◎

第十四齣　奏善惡不遠庖厨　古風韻

雜扮四仙童各戴仙童巾穿水田氅繫絲縧引淨扮竈君戴竈君冠髮穿氅繫絲縧從上場門上唱

南呂宮引　一剪梅　祭以盆瓶老婦尸。韻 識者卑之。讀 媚者祈之。韻 每逢月晦奏天知。叶 據見陳詞。讀 罔或虛詞。韻

中塲設椅轉塲坐科白　世上誰能斷火烟火烟所熟下喉咽。拖泥和水承烟火中有神靈解上天吾乃傳家東厨

司命竈君是也、獨掌陽權、列於七政之表、廣敷火德、附於五祀之中、人莫不飲食也、即飲食而察人間之善惡、人莫不饑渴也、因饑渴而識人心之存亡、善男信女、但無獲罪於天、集福消災、何用善媚於竈、今者傳門劉氏、不敬神明、故違誓願、惡業多端、難以掩護、已曾吩咐童子、邀同土地社令商議此事、這時候想必來也、生扮社令戴紮紅幞頭穿圓領束角帶從上場門上唱

又一體　社令春秋是我司。叶　好也難欺、讀　惡也難欺。韻

丑扮土地戴紮紅紗帽穿圓領束金帶從上場門上唱

當方土地是靈祇。韻 見亦書之、讀 聞亦書之。叶 白 司命相召、我等上前相見、全作相見科場上設椅各坐科竈君白 劉氏故違誓願、三官不敬、五葷盡開、惡業多端、難逃報應也、唱

南呂宮正曲 三學士

我日夕東厨察是非。韻 合家敬奉神祇。韻 奈何伊母眞無忌。韻 恐冒天威不敢違。韻 白 今日邀請列聖到此、唱合 欲把他罪名同定擬。韻 封章上玉帝

知。韻社令白 正當如此。唱

又一體 堪歎愚蒙不三思。叶 只言天遠誰知。韻 報施無爽循環理。韻 禍福從無一點遺。韻合 試把他罪名同定擬。韻 封章上玉帝知。韻土地白 小神所見、與二聖同、那劉氏呵、唱

又一體 罪惡昭昭已共知。韻 這遭報應難辭。叶白 若論他所做之事呵、唱 罄南山竹難書記。韻 只恐吾曹有漏遺。韻合 試把他罪名同定擬。韻 封章上玉帝知。韻各起

隨撤椅科仝唱

慶餘 神靈照察難逃避。韻善惡總由心起。韻須知道船到江心補漏遲。韻仝作拜別科四仙童引竈君從下場門下社令土地仍從上塲門下外扮許神君戴皮弁穿蟒束玉帶執笏從昇天門上塲上設高臺帳幔桌科許神君白 琳府瓊宮帝闕高丹書絳簡列天曹、舉頭拱北瞻天近、五色祥雲映御袍、吾乃旌陽許神君是也、鳴鷄犬於雲中、驂鸞鶴於天上、班居仙長、位證元君、今當三

界十方奏事之辰須索伺候者言之未已奏事官早上

竈君換穿蟒束玉帶執笏從上場門上唱

越角套曲 鬬鵪鶉 月影將殘句星光欲隱韻開閶闔玉宇塵空句排雲霧天街露潤韻氤氳的瑞氣開凝句馥馥的御香漸近韻旭日輝句帝闕春韻遙望見肅立朝前句清班侍臣韻

越角套曲 紫花兒序 急忙忙趨登鳳闕句戰兢兢直叩金階句白將劉氏所做的事呵唱一件件上奏天尊韻他滔

天罪惡○句我徹地評論○韻情眞○韻須用嚴刑討罪人○韻
毫無堪憫○韻只合付十殿陰司○句萬劫沉淪○韻
越角 金蕉葉 套曲 忽聽得靜鞭響罘思動雲○韻只見那冠裳
整肅恭衆神○韻分次序鞠躬而進○韻齊舞蹈欣瞻帝君
韻作向上跪伏科許神君白 階下有事者奏無事者退
班、竈君白 臣有短章、冒奏天庭、許神君白 奏來、竈君唱
越角 小桃紅 套曲 東厨司命屬微臣○韻彰癉時詳愼○韻善惡
糾查豈容遁○韻白 臣謹奏、爲羅卜娘親呵、唱 喪天眞○韻

從前福果銷磨盡。韻　高懸膽鏡。句　形神畢露。句　一一的細達聖明君。韻　許神君白　羅卜之母何姓何名。　竈君唱

又一體　傅門劉氏現今身。韻　他善心俱泯。韻　殘害犧牲逞屠刃。韻　焚僧人。韻　橋梁拆毀違夫訓。韻　任你千般化導。句　多方示警。句　怎當他　揜耳不曾聞。韻　許神君白　我與你轉奏者。　仍從昇天門下捧玉旨隨上白　玉旨下聽宣讀。據奏南贍部洲。王舍城傅門劉氏。罪惡滔天。特遣司命齎旨。到冥府五殿查考。如果惡犯是實。即着拿赴

陰司、治罪施行、竈君白領旨、起接旨科許神君白上帝
本無私、竈君白惟人自召之、許神君白森羅嚴考察、竈
君白惡報墮泥犁、許神君仍從昇天門下竈君從下場
門下

第十五齣　冥司已發勾人票

古風韻

雜扮牛頭馬面各戴套頭穿雁翎甲執叉雜扮八鬼卒各戴鬼髮穿蟒箭袖虎皮卒褂執器械雜扮四判官各戴判官帽穿圓領束角帶執筆簿雜扮金童戴紫金冠穿氅繫絲縧執旛雜扮玉女戴過梁額仙姑巾穿氅繫絲縧執旛引淨扮五殿閻君戴冕旒穿蟒襲氅束玉帶從酆都門上唱

黃鐘宮　出隊子
正曲　善心惡意。韻　說與凡人好自爲。韻　陰司
報應不差遺。韻　賞罰平衡是與非。韻合　一任暗室欺心
讀　吾當預知。韻　場上設帳幔高臺虎皮椅轉場陞座衆
各分侍科五殿閻君白　森羅執法凜秋霜報應昭然顯
著彰却以雷霆爲雨露可知狴犴卽天堂吾神職居五
殿統理三才生殺雖專於掌握是非原係於人爲幽隱
無私悉知罪惡正是陽間善惡由他造陰府權衡任我
施　內白　玉旨下　內奏樂科五殿閻君下座接旨科雜扮

四從神各戴將巾穿蟒箭袖排穗執儀仗引淨扮竈君戴紫金冠髮穿蟒束玉帶捧玉旨從昇天門上竈君唱

仙呂宮正曲 皂羅袍 丹詔降從雲陛。韻 勅陰曹遵奉讀 毋得稽遲。韻 昭彰罪案不差遺。韻 一朝惡報難逃避。韻合 人間私語。句 天聞若雷。韻 對天發願。句 伊何故違。韻 欺心瞞不過天和地。韻衆儀從引竈君作到進門科五殿閻君作跪聽旨科竈君白 玉旨下、聽宣讀、據奏南贍部洲王舍城、傳門劉氏罪惡滔天、特遣司命賫旨到冥府五

殿查考如果惡犯是實卽着拿赴陰司治罪施行、五殿
閻君白 聖壽無疆、起接旨付判官科場上設椅各坐科
竈君唱
又一體 天理人心難昧。韻 恨無知惡婦讀 胡作胡爲。韻
肆無忌憚 把 佛天欺。韻 更多狂悖 將 神明毁。韻合 人間
私語。句 天聞若雷。韻 對天發願。句 伊何故違。韻 欺心瞞
不過天和地。韻五殿閻君白 那劉氏呵、唱
又一體 罪重如山難貫。韻 便詳加查察讀 毫髮無遺。韻

白判官、你可速將南耶王舍城中、傳門劉氏罪業查來、一判官作查簿科白啓上閻君、查得傳門劉氏、所犯惡款、俱有土地申報、是實、罪業種種、應墮重重地獄、只是他尚該有數年之壽、五殿閻君白可惱他罪大惡極、不應照常例施行也、唱縱敎大限尚需期。韻而今安可拘常例。韻竈君白小神告辭、五殿閻君白不敢久留、劉氏一案、自有處置、竈君白如此小神覆旨去也、唱合人間私語。句天聞若雷。韻對天發願。句伊何故違。韻欺心瞞

不過天和地。韻內奏樂各起隨撤椅科四從神引竈君作出門科仍從昇天門下五殿閻君復陞座科白判官過來、唱

又一體

簿籍須查詳細。韻把陽間惡犯讀呈報端的。韻火牌一併把命兒追。韻罰他永墮輪迴罪。韻白再查看作惡之輩、倘有今年陽壽該終者、與劉氏一并拿來、四判官作查簿科唱合人間私語。句天聞若雷。韻對天發願。句伊何故違。韻欺心瞞不過天和地。韻一判官白啓

上閻君、今有在五道廟中、圖財謀死商人黃彥貴一名、李文道、係陽壽該終的了、五殿閻君白這一案事情、前日受害寃魂也曾告到、可即着寃魂一同前去勾拿、以彰報應者、一判官白還有還俗淫僧、一名本無、一判官白還俗淫尼、一名靜虛、俱係陽壽臨終、五殿閻君白可惱、不道陽間惡人、竟有如許之多、殿前鬼使聽令、衆應科五殿閻君唱

又一體 速召酆都差鬼。韻向臺前聽令讀卽至休違。韻

去陽間公幹要星飛。韻捉拿罪犯休遲滯。韻衆仝唱合

人間私語。句天聞若雷。韻對天發願。句伊何故違。韻欺

心瞞不過天和地。韻雜扮舞旗鬼戴鬼髮軟紮扮持雙

旗從上場門上按方招取五差鬼科從下場門下雜扮

五差鬼各戴犄角鬼髮穿鬼衣繫虎皮裙各按方向上

遶場仝作進門叅見科白五鬼打躬、五殿閻君白五鬼

聽令、速到南耶王舍城中、捉拿傅門劉氏、速赴陰司、所

過地方、教他關關受罪、不得有違、還有陽壽該終、三名

惡犯李文道本無靜虛僉爾五鬼一併拿來（五差鬼應）

（科五殿閻君唱）

【正宮正曲】四邊靜　劉氏造下寃業債（韻）陰司不輕貸（韻）生前犯天條（句）死後難相賴（韻合）速拿休息（韻）時刻莫捱（韻）休使放寬鬆（句）牢拴緊杻械（韻）（五差鬼唱）

【又一體】磊磊鐵鎖隨身帶（韻）步履如風快（韻）疾走似飛騰（句）來去無拘礙（韻合）速拿休息（韻）時刻莫捱（韻）休使放寬鬆（句）牢拴緊杻械（韻）（五殿閻君白）爾等五鬼速領

勾魂風火牌、作付牌科都差鬼作接牌科白休教鬆放惡裙釵、五殿閻君白饒他會使無窮計、五差鬼白難免陰司受禍災、五殿閻君下座五差鬼跪送科衆鬼判引五殿閻君仍全從酆都門下五差鬼遶場科全從左旁門下

第十六齣　愚婦猶慳供佛燈　古風韻

旦扮劉氏穿氅從上場門上唱

雙角套曲　新水令

綠水歲歲遶沙堤。韻望青山年年如是。叶人貌漸漸改。句綠鬢已成絲。叶往事皆非。韻提將起心如醉。韻中場設椅轉場坐科白我兒會緣橋上齋濟之資比前更費只管自己修行不顧老娘熬苦聖人云五十非帛不煖七十非肉不飽難道聖人還不如你天下各樣犧牲俱係人食之物、寧可將錢廣濟貧、不念高堂老母親、兒嗄生前不把肥甘養、死後何須五鼎陳。末扮益利戴羅帽穿屯絹道袍繫鑾帶帶數珠持拂塵從上場門上白金爐不斷千年火、玉盞常明萬載燈。稟安人、三官堂內琉璃少油、取討鎖匙開門、擡新鐘出來、劉氏白舊鐘未盡、如何就擡新鐘。益利白舊鐘剩下些渾油、點不得佛燈了。劉氏白怎麼點不得、你看見神佛菩薩在那裏點完了再來取。益利虛白從下場門下劉氏起

隨撤椅科白 你看這狗才、一面行走、口裏講些甚麽。必定道我的不是了、他如今往三官堂掃地添油去了、我且悄地潛行、聽他講些什麽、唱

雙角套曲 駐馬聽 心下疑驚。韻 心下疑驚。疊 躡足潛蹤不暫停。韻 悄到那神堂後壁。句 側耳 聞 聽便覺其情。韻 常言道 疑心暗鬼生。韻 一時圭見渾無定。韻 着意 忙 聽。韻 屬垣有耳還自省。韻 從下場門下 丑扮土地、戴巾、穿土地氅、持拂塵、從上場門上白 好惡婦、倒將淸油食用、渾油

點佛前之燈。數年以來。所作所爲。那一件不犯罪過。他今聽得益利自言自語。頓生疑心。悄到三官堂後偷聽去了。我索性到彼。將益利議論之言。句句送入他耳內。使他聽之心怒。强往花園罰誓。那時顯箇神通。裂開地皮。現出犧牲髏骨。使他膽寒心碎。頃刻成病。冥府都鬼早晚就到。以便捉拿。方消我恨。唱

雙角套曲【沽美酒帶太平令】【沽美酒】首至四　惡劉氏歹念生。韻惡劉氏歹念生。疊藐佛祖褻神靈。韻却把渾油點佛燈。韻憑

着他惡性行。韻 太平令 二至末 凡百事全不思省。韻 毀神像

冒犯天庭。韻 也不怕陰司報應。韻 俺呵。格 早知你惡盈。

韻 罪盈。韻 免不得災生。韻 病生。韻 呀。格 怎逃得明明業

鏡。韻 從下場門下

勸善金科　第五本卷下

第十七齣　好善奴掃地焚香　真文韻

中場設香案帳幔桌上掛三官堂匾末扮益利戴羅帽穿屯絹道袍繫縧帶帶數珠持拂塵從上場門上唱

雙調引　夜行船　就裏難言心自忖。韻　怕旁人背地評論。韻　空自心酸。句　向誰分剖。句　幾度感傷無盡。韻　白　彩鳳文凰一樣心陰陽唱和似鳴琴可堪鳳去凰心易鳴出雌雞報曉音老員外老安人同德同心立誓持齋不幸員

外喪後安人聽信讒言開了葷酒我想此事小官人不言誰敢多講我且到三官堂上拂拭塵埃一番作進三官堂焚香禮拜科唱

雙調集曲　江頭金桂五馮江兒水首至五　俺則見金爐香噴韻裊空中散彩雲韻作拂塵科唱把三官金容拂拭句再將水浥輕塵韻作灑水掃地科唱把庭除都掃盡韻白琉璃內無油待我添上作取油添琉璃科唱金字令五至九看了這佛火將昏韻好剔明殘燼韻白常言道爲人在世須要

滅却心頭火、剔起佛前燈、老安人、丑扮土地戴巾穿土地氅持拂塵從上場門上作吹益利語使劉氏聽鬧科仍從上場門暗下益利唱無奈事事皆由火性。句不畏人聞。韻竟毫無顧忌開五葷。韻白三官菩薩、那些時弟子益利、唱桂枝香七至末只爲驅馳牧園。句逗留他郡。韻白今日裏呵、唱合若不是轉家門。韻琉璃依舊無光彩。句五夜惟懸月一輪。韻白丑扮劉氏穿氅暗從上場門上作聽科益利白這些事情、小官人不言、爭奈旁人議論紛

紛老安人、正是好事不出門、惡事傳千里、劉氏白　呸好
狗才、益利作驚跪科劉氏白　我有甚麼惡事傳千里、羅
卜我兒快來、生扮羅卜戴巾穿道袍帶數珠從下場門
上白　堂前聞母喚、忙步問緣因、老娘拜揖、老娘益利爲
何跪在這裏、場上設椅各坐科劉氏唱
又一體　這老狗才背地裏妄生議論。韻益利白　小人不
敢、劉氏唱他道我狠心兒似烈焰焚。韻又道我殺生害
命。句背地開葷。韻這老狗才全沒有卑共尊。韻白　狗才、

人家養猫以捕鼠不可以無鼠而養不捕之猫蓄犬以防賊不可以無賊而養不吠之犬不捕鼠猶可不捕鼠而捕鷄則甚不吠賊猶可不吠賊而吠主則甚滾白今者僧道異類之徒聖人比之爲禽獸你不知攻彼之非而反道主母之過看起來你就是捕鷄的猫兒吠主的犬了老狗才我有甚麽惡事傳千里却不道唱辜負了豢養深恩韻不思報本韻白兒唱休聽細人離間句把你我母子天親韻反做區區陌路人韻白看家法過來

羅卜向下取家法隨上科白老娘、家法在此、劉氏唱你
把惡奴來戒懲。句白將這老狗才、重責一頓、趕將出去、
羅卜應作欲打科益利作哭科羅卜白老娘、看着孩兒、
饒恕他罷、劉氏白我兒說那裏話來、滾白你今不打不
致緊要、外人聞知、道你我母子、沒有一箇家教、唱使他
從今謹愼。韻合倘外人聞。韻道是非內外言無間。句貴
賤尊卑體自分。韻羅卜作勸解科唱
雙調正曲孝順歌兒頓首。句望老娘息怒嗔。韻益利老奴言

語昏。韻冒犯罪當懲。句兒哀求望容忍。韻白母親唱天日何損。韻須是寬解愁煩讀不須憂悶。韻合容他改過前非。句再圖忠藎。韻白老娘看着孩兒饒恕他罷、劉氏白既然小官人討饒、起去今後改過、益利應科羅卜白多謝老娘、益利白多謝老安人多謝小官人、羅卜白益利、你方纔講甚麼、益利白我不曾講甚麼、劉氏起科白住了、你二人講我甚麼、羅卜益利白不曾講甚麼、劉氏白哦你二人閒言把我非我何曾做事有差池此情惟有天知道。罷。竟到花園設誓詞。羅卜白老娘不要如此。
作牽劉氏衣科劉氏作怒卸衣科從下場門下羅卜持
衣亦從下場門下益利隨下

第十八齣　作孽毋指天誓日　古風韻

雜扮五差鬼各戴犄角鬼髮穿鬼衣繫虎皮裙仝從右旁門跳舞上分白

雀啄常四顧，燕寢無疑心，量大福也大，機深禍亦深。都差鬼白我們奉閻君號令，城隍臺前掛號，捉拿傅門劉氏。今日先將他三魂拿住一魂，七魄捉去三魄，俟其昏沉病倒，竟行活捉劉氏，速往陰司便了。四差鬼白說得

有理、全唱

正宮正曲　四邊靜　閻君怒發如雷電。韻　劉氏爲不善。韻　背誓更開葷。句　將佛像皆作踐。韻　合　法當刑憲。韻　無常難免。韻　即去便拘拿。句　速解森羅殿。韻　都差鬼白　衆兄弟來此巳是花園、不免越牆而過、各作越牆進科全從下場門下旦扮劉氏穿衫從上場門上雜扮劉氏遊魂披髮搭魂帕穿衫隨上遶場對劉氏揶揄科劉氏作驚避科遊魂從下場門下劉氏白　我想有甚麼要緊、不免回去

罷、都差鬼從上場門上作踢劉氏倒地科四差鬼從兩

場門分上遶場立科劉氏作掙起科唱

南呂宮正曲 紅衲襖 到花園使人愁悶縈。韻見花枝使人慚

愧增。韻滾白 員外夫當初造此花臺所爲何來、唱實指

望夫妻百歲同歡慶。韻又誰知鳳去臺空使我幽恨生。

韻生扮羅卜戴巾穿道袍帶數珠末扮益利戴羅帽穿

屯絹道袍繫鑾帶帶數珠仝從上場門急上羅卜白 老

娘、快不要如此、劉氏唱 囑嬌兒休得把閒言聽。韻滾白

羅卜兒讒言切莫聽聽之禍殃結君聽臣遭誅父聽子遭決親戚聽之疎朋友聽之别堂堂七尺軀休聽三寸舌舌上有龍泉殺人不見血了兒休得要聽讒言（唱）聽讒言離間骨肉情。（韻）（丑扮土地戴巾穿土地氅繫絲縧持拂塵從上場門暗上作指地地井出葵花科劉氏滾白）對葵花葵花你有向日之心實爲花中靈應我若背子開葷瞞不過你了（唱）我這裏對葵花欲訴衷腸。（句）也（格空）有丹心向日傾。（韻）（衆差鬼作掘倒葵花現出骨殖

科土地仍從上場門踏下劉氏作驚懼科羅卜益利唱

又一體 赤烈烈火焰騰。韻 白巖巖骨滿坑。韻 是何人殺害嗞牲命。韻 是何人牢籠計械成。韻 今日裏眼兒中見得明。韻 並不是耳聞的多風影。韻 滚白 又道是湛湛青天不可欺、未曾舉意神鬼知、善惡到頭終有報、只爭來早與來遲。唱 似這等欲蓋彌彰。句 也。格 豈不聞上有青天作證盟。韻 劉氏唱

又一體 意兒中多不寧。韻 心兒裏渾不定。韻 都則爲自

家曉得心頭病。韻比不得瞥見的旁人偶喫驚。韻少不得胡廝賴把惡念生。韻少不得強掩飾用口角爭。韻滾白兒、適纔火燄騰騰、猛然地皮裂開、現出許多⿰骨茲⿰骨生髏骨、你那心中一定疑惑你娘親了兒。唱你娘親負屈含寃。句也。格就死黃泉目不瞑。韻羅卜白益利哥不知是那箇將骨頭埋在此間、益利白不曉得、劉氏白唗你二人疑心終不改、益利屈話最難禁、撮土焚香深深拜拜、告龍天聽誓盟、上有青天、下有黃泉、日月三光聽我言、我劉氏若背子開葷、也罷、七孔皆流鮮血、死重重地獄受災愆、羅卜益利各作跪勸科五差鬼作鎖劉氏遶場科雜扮金童戴紫金冠穿氅繫絲縧執旛雜扮玉女戴過梁額仙姑巾穿氅繫絲縧執旛引外扮傅相戴巾穿氅繫絲縧持拂塵從下場門上劉氏作見傅相跪求科

白 員外快來救我、傅相白 妻當初怎麼囑付你來到今日呵、夫妻好比同林鳥、大限來時各自飛、金童玉女引傅相仍從下場門下劉氏遊魂從地井暗上五差鬼暗

鎖科遶場仝從下場門下劉氏作七孔出血昏迷倒地

科羅卜益利作驚扶科唱

南呂宮　一江風
正曲

為甚的自顛跌。韻七孔流鮮血。韻諕得

我心驚怯。韻看他眼唇斜。韻緊咬牙關。句閉目低頭讀

兩手寒如鐵。韻合災來不可遮。韻災來不可遮。疊痛得

我肝腸裂。韻娘叫得我咽喉噎。韻劉氏作甦醒科唱

又一體

自傷嗟。韻作驚科白我兒、益利、羅卜益利應科

劉氏唱是老娘作事多差迭。韻白我好悔、作住口科羅

小作命益利喚金奴取湯水科益利從上場門下小旦扮金奴穿衫背心繫汗巾捧茶隨益利從上場門上劉氏滾白　悔當初不該遣你經商貿易是老娘在家聽信你舅爺的言語開了五葷只圖生前受用那知道陰陽報應無差唱　悔當初不聽我嬌兒說韻金奴白　請老安人用茶劉氏作喫茶科金奴虛白仍從上場門下劉氏白兒唱　適纔見你爹韻只見他寶蓋幢旛句滾白　飄然而墜我說道員外你快來救我他說道老妻不能彀了

你獲罪於天無所禱也今有土地記罪司命申奏玉皇道我陽間作惡椿椿實陰司鐵筆來勾取夫妻好比同林鳥大限來時各自飛他說道老妻呵管不得你時顧不得你 唱 少不得地獄重重 讀 一命遭磨折 韻滾白 益利老員外此在生之時大不相同適纔跨鶴而來被我扯住緊緊不放猛被你二人喚醒我來他一時就不見了我與你陰陽相隔一張紙醒來時只見我嬌兒不見你爹了兒 唱合想 陰陽俄間別 韻 陰陽俄間別 疊滾白

員外夫你那裏乘鸞跨鶴歸天去、唱怎能彀救度薄命妾。韻五差鬼復帶劉氏遊魂仝從上場門上遶場從左旁門下劉氏作驚懼科滾白不好了兒你看這陰風陣陣旋、惡鬼團團轉、手拿剛叉與鐵鏈、要把你娘親活捉到閻羅殿、兒和你須臾別、骨肉輕散拆、唱料老娘不久歸陰去也。韻羅卜益利扶劉氏起科羅卜唱

高大石調正曲 窣地錦襠 老娘不必淚交涕。韻且自寬懷保身體。韻待孩兒祝讚天和地。韻滾白願你災星退吉星隨

娘唱合你且扎掙歸家裏。韻全從下場門下

第十九齣　五瘟使咄咄齊來　古風韻

淨扮大瘟神戴瘟神帽紮靠持花紙錢從右旁門上跳舞科唱

越調正曲【北目魚】身在荒凉。韻陰司做傷亡。韻時衰運厄。句咱身便降殃。韻村邊道旁。韻青燐夜有光。韻合恨劉氏無狀。韻須臾一命戕。韻須臾一命戕。疊場上設平臺隨椅轉場陞座科白咱是陰司一孤幽、慣能作祟降愆尤叵耐惡婦忒無理、這番教他壽算休。當日傅齋公在時、逢時遇節、將俺弟兄神位誠心供養。自從齋公亡故、惡婦劉氏數年以來、將俺置之不理。俺今日却來尋着你、不免招取衆弟兄一同前去、魔障他、我們前去魔障他、傷亡。作下座喚四瘟神科　雜扮四瘟神各戴瘟神帽穿圓領仝從右旁門上遶場科唱

黃鐘宮正曲　小引

喚傷亡。平韻喚傷亡。疊撞着咱時降禍殃。韻無影亦無聲。換韻感將沴氣生。韻合次序從頭數。仄

韻

昆仲剛剛五。韻大瘟神白 衆兄弟、今有劉氏、他夫主在時、有許多的恭敬、數年以來、違誓開葷、把你我弟兄一旦付之度外、特邀你們到此、一同前去、魔障他、四瘟神白 我們前去魔障他、大瘟神唱

仙呂宮正曲 皂角兒序

衆兄弟聽咱說知。韻四瘟神唱 一箇箇聽哥指揮。韻大瘟神唱 劉氏的冒犯天威。韻四瘟神唱 自應去向他爲厲。韻大瘟神唱 去躲在門扉外、讀 廳堂上。句 房櫳下、讀 牀帳裏。韻四瘟神唱 各用心機。韻合

疾去如飛。韻不必稽遲。韻管教他。句神昏意亂。讀魄散魂飛。韻

遶場科衆仝唱

忒囯耐劉氏無知。韻謗佛天故將誓違。韻卻好他運厄時微。韻正該咱生災作祟。韻好使他一霎寒。讀

又一體

忽爾熱。句抽肚腸。讀剜腦髓。韻件件施爲。韻合疾去如飛。韻不必稽遲。韻管教他。句神昏意亂。讀魄散魂飛。韻

仝從左旁門下丑扮無常鬼戴高紙帽穿道袍繫蔴繩帶勾魂牌從右旁門上唱

越調水底魚兒 身在黃粱。韻陰司做地方。韻凡人壽盡。
正曲 句合 要我走一場。韻要我走一場。疊白自家姓巴名羊、
陰司喚做無常、只顧認牌拿去、管他有爹有娘、拋了嬌
妻幼子、任從哭斷肝腸、我也不是總甲、我也不是地方、
陰司勾人活鬼、來去總聽閻王、從左旁門下副扮摸壁
鬼戴高紙帽穿屯絹道袍持長手切末從右旁門上唱
又一體 身在幽僻。韻陰司做摸壁。韻勾魂鬼到。句合他
前我後隨。韻他前我後隨。疊白自家姓鄔名七、一雙長

手無敵、凡人壽數將終、差鬼不便徑入、任他低言細語、我自知他踪跡、那管大厦高樓、手去定要捉得、只待勾了魂去方完、我的差役、我也不是無常、陰司引路摸壁、

從左旁門下五瘟神仝從右旁門上唱

又一體

堪歎無常。韻 生前空自忙。韻 丟了兒女。句合 撇了爹和娘。韻 撇了爹和娘。疊各分立科大瘟神唱

小石調正曲 倒拖船 格大瘟神唱

堪歎世人不善良。韻四瘟神唱 不善良。作惡人見沒下場。韻四瘟神唱 沒下場。格

大瘟神唱 可恨他不改過惡心機。句 一朝惡報苦難當。
韻衆邊塲科仝唱 悄悄行過小村莊。韻 大瘟神滾白 休
惹得犬吠汪汪、四瘟神滾白 犬吠汪汪、大瘟神滾白 行
善的、到陰司、過金橋、過銀橋、逍遥路、請他昇天、四瘟神
滾白 請他昇天、大瘟神滾白 作惡的人、到陰司、上刀山、
下油鍋、鋸來解、磨來研、搗肚抽腸、四瘟神滾白 搗肚抽
腸、大瘟神唱合 重重地獄須經遍。句 不洒惶處也洒惶。
韻衆邊塲科仝唱

仙呂宮　五方鬼
正曲

劉氏罪惡實滔天。韻　打僧罵道肆狂言。韻　勾拿活捉到陰司。句合　要把善惡分明辨。韻

大瘟神白　我要他頭上疼、一瘟神白　我用金鋼鑽、大瘟神白　我要他背上痛、一瘟神白　我用銅鎚搥、大瘟神白　我要他身上寒、一瘟神白　我用鐵扇搧、大瘟神白　我要他身上熱、一瘟神白　我用火焰煉、大瘟神白　我要他肚內疼、四瘟神白　須把腸抽斷、大瘟神白　頭上疼、一瘟神白　金鋼鑽、大瘟神白　背上痛、一瘟神白　銅鎚搥、大瘟神白　身上

寒、一瘟神白鐵扇搧、大瘟神白身上熱、一瘟神白火焰

煉、大瘟神白肚內疼、四瘟神白腸抽斷、衆仝唱

又一體 銅鎚鐵扇一般般。韻管教劉氏神魂亂。韻閻王

註定三更死。句合定不留人四更半。韻四瘟神作扛大

瘟神遶塲科仝唱

南呂宮正曲 憑麻郎 勸世人早念阿彌。韻行善事敬奉神祇。

韻恨劉氏作事差池。韻惡業纏斷難饒你。韻合來邪祟。

韻招厲鬼。韻禍到臨頭空自悔。韻內作犬吠科四瘟神

第二十齣 一魂見悠悠欲去 齊微韻

塲上設桌椅旦扮劉氏穿衫繫腰裙作病容從上塲門上唱

雙角套曲 新水令 懨懨瘦損病沉危。韻 入膏肓實難醫治。韻

入桌坐科滾白 自從那日到園西霎時天降災殃至皆因自作有差池早知報應無虛謬怎得今朝禍相隨 小

旦扮金奴穿衫背心繫汗巾從上塲門上白 老安人今

日病體好些麼、劉氏唱自從那日到園西。韻錯罰下逃天誓。韻白誰知偶爾昏迷竟自染成大病十分沉重、金奴白安人既然不耐煩待金奴攙扶安人到中堂走走、劉氏白攙我起來、金奴作扶起劉氏出桌科劉氏唱強打挨步怎挪移。韻白金奴想起花園之事好怕人也、唱那時節誓詞未畢。韻頃刻間渾身軃地。韻不知人事。叶七孔鮮血流霑體。韻

【雙角套曲】【駐馬聽】提起魂飛。韻提起魂飛。疊到今朝惡病相

纏怎脫離。韻擡頭不見天和日。韻昏昏懞懞心如醉韻
浪中無舵舟怎艤。韻浮萍無定飄在水韻如絮飛韻悠
悠蕩蕩隨風裏。韻白金奴、扶我回去、金奴作扶劉氏入
梟坐科唱

雙角喬牌兒
套曲
勸安人不用苦憂思。叶正是疑心生暗鬼。韻
還須寧耐將身惜。韻論人生誰無病與疾。韻

又一體
須當自思維。韻不必恁猜疑韻請醫人盡心寬
調理。韻管取災殃退。韻劉氏白金奴、唱

雙角套曲　掛玉鈎　我心意如麻亂尋思。叶思思想想無了期。韻追悔從前作事癡。韻錯到花園罰誓詞。叶豈知道神明難昧。韻天地難欺。韻一朝禍到。句難逃難避。韻金奴唱雖則是難昧神祇。韻且將心自寬自怡。韻

雙角套曲　甜水令　休疑作事有差池。韻滾白信步行將去、從天降福至、內敲磬科劉氏白金奴、那裏甚麼響、金奴白小官人在三官堂禮拜、保佑安人、敲得磬響、劉氏唱小官人時時念

阿彌。韻兒你那裏孝心如是。叶奈你娘冒犯天威韻賣盡金山也難贖回。韻任你看盡彌陀經怎生解得我從前業罪。韻金奴白安人既是這樣疑心趁小官人不在這裏、待金奴捧香攙扶安人悄到花園懺悔前誓自然災退身安、劉氏白正是如此、快取香來、金奴向下取香隨上作扶劉氏起遶場作到花園進門科淨扮大瘟神戴瘟神帽紮靠持花紙錢雜扮四瘟神各戴瘟神帽穿圓領從兩場門暗分上上場上設平臺隨椅大瘟神陞座

科四瘟神各分立科劉氏唱

雙角套曲　掛搭沽　見花枝心慘悽。韻爲何人似春桃李。韻光陰一去不重回。韻生身寄世成何濟。韻白金奴、這地上許多鮮血、是那裏來的、金奴白這是安人前日在此罰誓、七孔流的、劉氏白不當汚穢地土、遞香與我、你快去厨下取淨水來、打掃潔淨、金奴作出門科仍從上場門下劉氏作拈香禮拜科白神聖、唱我不合錯罰逃天誓。韻今日還來悔誓詞。叶望神聖赦過休加罪。韻四瘟神

作吹滅香燈科劉氏作驚科唱 嚇得我魂消魄盡飛。韻

我這裏虔誠禱告天和地。韻 保佑奴身無禍危。韻作身

寒科唱

雙角套曲 豆葉黃 猛然間寒毛豎起。韻一霎時似繩綁體。韻

作跌倒掙起科白 不好、身上加起病來、十分沉重存站

不住、金奴快來攙扶我回去、等不得金奴來、我且掙挫

回去罷。唱 身欲行時。叶 脚步難隨。韻 黙忽的似神攔阻

不容已。韻白 金奴還不見來、不免遶道而回、唱依然間

不能動移。韻白是了、唱想則是遭逢惡業冤。句相爲災祟。韻白說那裏話來、是我疑心太重、那有自已花園行走不得、我定要回去、一瘟神作踢倒劉氏科劉氏唱

又一體

悶跌得意亂心迷。韻心病沉危。韻回回不得。韻站站不起。韻好教人進退渾無計。韻白老天、唱可憐我身力衰微。韻無所相依倚。韻白哦有了、唱掙上花臺歇息片時。叶作掙起科場上設椅劉氏坐科四瘟神各作打頭科劉氏作頭疼科唱

雙角套曲　駐馬聽近　頭痛難支叶　頭痛難支疊　叫苦伸寃有誰得知韻　這都是自己作孽句　追思造業難懺悔韻　悔當初錯聽兄弟讒言詞叶　到今朝惡病相隨無門避韻　五瘟神唱只落得自傷悲韻　這怨苦句　訴向誰韻　四瘟神各作打背科劉氏作背疼科唱

又一體　背痛難支叶　背痛難支疊　力弱身衰　掙　掙不起韻　猛撞頭　烟霧茫茫句　恍恍惚惚似沉迷韻　悔當初　遣兒前往他鄉地韻　開五葷　違却誓詞業寃隨韻　五瘟神

唱只落得自傷悲。韻這怨苦。句訴向誰。韻四瘟神各作搧風科劉氏作寒冷科唱

又一體 凍冷難支。叶凍冷難支。疊戰戰兢兢魂魄飛。韻白金奴、快拿綿衣來、呀、唱爲甚的丫鬟不至。叶叫聲不應心性急。韻悔當初欺神滅像毁琉璃。韻到頭來報應無私降災危。韻五瘟神唱只落得自傷悲。韻這怨苦。句訴向誰。韻四瘟神各作吹火科劉氏作炎熱科唱

又一體 熱焰難支。叶熱焰難支。疊如火燒身怎動移。韻

項刻間冷熱相催韻反覆須臾難掙扺韻悔當初打僧駡道忘師誨韻算將來椿椿是實難推抵韻五瘟神唱只落得自傷悲韻這怨苦句訴向誰韻四瘟神各作抽腸科劉氏作腹痛科唱

又一體

腹痛難支叶腹痛難支疊白死了罷唱不願生時只願死叶少不得母子分離韻家業眷屬皆拋棄韻悔當初殺狗破戒非其理韻到如今死別生離其可辭叶五瘟神唱只落得自傷悲韻這怨苦句訴向誰韻羅

卜益利內白阿彌陀佛、五瘟神作推劉氏倒地科仝從左旁門下生扮羅卜戴巾穿道袍帶數珠末扮益利戴羅帽穿屯絹道袍繫鑾帶帶數珠仝從上場門急上作見劉氏倒地各驚科仝唱

中呂宮正曲　駐雲飛

瞥見傷心。韻倒地無言病轉深。韻羅卜白老娘唱益利白安人、因甚不安寢。韻獨倒花枝蔭。韻嗏。格叩首告天臨。韻望天恩廕。韻羅卜唱保佑慈親讀益利唱保佑安人安樂身高枕韻合且自歸房莫淚淋。韻仝從下場門下

第二十一齣　孝心切哀懇神明　江陽韻

小生扮安童戴羅帽穿屯絹道袍繫鑾帶從上場門上

白

有福之人人伏侍、無福之人伏侍人、自家傳宅安童便是我家老安人自從昨日在後花園回來人事不省語言顛倒、小官人十分着急啼哭不止着我到會緣橋請衆僧道廣修佛事、不免就此前去、一心忙似箭兩腳走

如飛、從下場門下中場設香案帳幔桌上掛三官堂匾
左側設香案帳幔桌上掛觀音堂匾右側設香案帳幔
桌上掛祖先堂匾生扮羅卜戴巾穿道袍帶數珠從上
場門上唱

小石調引　撻破歌　愁腸百折慮萱堂。韻　驀遭災禍非常。韻　白

椿樹摧未久、萱花又凋殘、天那若是遭零落、悲苦怎盡
言、我羅卜、身逢不幸、父喪未久、母病轉深、問寢不離膝
下、怎奈飲食減少、心神恍惚、若有差池、如何是好、不免

竭誠、拜告天地神祇、惟願賜福消災、赦罪解厄、虔誠禮拜求神佑、只願慈親免病危、末扮益利雜扮二院子各戴羅帽穿屯絹道袍繫鑾帶仝從下場門上二院子搭香几設場上羅卜作焚香禮拜科唱

南呂宮正曲

瓣香虔爇深深拜。句哀求上蒼。韻只因母體違和。句子情多悵惘。韻滾白父母生身劬勞罔極、爲子的盡心侍奉、難報高深天。唱爲此抒誠頻稽顙。韻合把微軀代母受災迍。句只願慈親無恙。韻二院子撤

香几科全從下場門下羅卜白不免到三官堂虔誠禱
告、作到三官堂拈香禮拜科唱
越調正曲羅帳裏坐我含悲禮拜句潔誠祈禳韻白三官神
聖、唱皆因子獲愆尤句致使母多災障韻願將身代讀
惟神矜諒韻合只求母體早安康韻全賴着垂恩默相
韻隨撤三官堂桌帳作到觀音堂羅卜白這裏是觀音
堂了、拈香禮拜科白大士、唱
念我朝參暮禮句將金容欽仰韻今爲母病垂

危。句千般苦況。韻望水灑楊枝、讀使神淸氣爽。韻合只求母體早安康。韻全賴着垂恩默相。韻隨撤觀音堂桌帳科羅卜白不免再到祖先堂去禱告一番、作到祖先堂拈香禮拜科白祖先、唱

又一體　曾孫不孝。句家門擾攘。韻痛遭嚴父歸冥。句今又慈幃有恙。韻拊心悲悼讀哀求靈爽。韻合只求母體早安康。韻全賴着垂恩默相。韻隨撤祖先堂桌帳科羅卜白禱告已畢、不免到老娘房中、侍奉湯藥正是母病

子傷悲須臾不忍違此心如寸草怎報三春暉從下場

門下益利隨下

第二十二齣 惡貫盈悲含祖考 齊微韻

走場人扛雜扮二門神各戴幞頭穿圓領束玉帶從下場門上安場上科雜扮五差鬼各戴犄角鬼髮穿鬼衣繫虎皮裙持器械仝從上場門上分白

請看沉冤鬼皆多作惡人萬般將不去只有業隨身都差鬼白 列位前日提拿劉氏遊魂是大家越牆進去的今日活捉劉氏正魂應從正門而入須要他家門神竈

君及家堂祖先俱各畫字、以便施行、作到傳宅科二門

神白 你們有何公幹、五差鬼唱

正宮正曲 四邊靜 奉森羅差遣來陽世。韻令行似霹靂。韻捉取造惡人。句火牌標劉氏。叶合他多般惡弊。韻將神明侮欺。韻飲酒恣貪饕。句五葷皆不忌。韻二門神唱

又一體 傳門劉氏多乖戾。韻業報誰相替。韻畫字任施行。句勾取無遲滯。韻合他多般惡弊。韻將神明侮欺。韻飲酒更行兇。句五葷皆不忌。韻都差鬼作付勾魂牌二

門神作畫字付都差鬼科仍從下場門下場上左側設桌椅科淨扮竈君戴紫金冠髮穿蟒束玉帶從下場門上入桌坐科五差鬼作相見科白 衆鬼打躬、竈君白 你們是奉閻君差來捉拿劉氏的麽、五差鬼白 正是、現有火牌在此、請尊神畫字、竈君唱

又一體 他善門七世非容易。韻 一旦把前功棄。韻 造惡更開葷。句 罪業怎能避。韻合 他多般惡弊。韻 將神明謔戲。韻 飲酒更行兇。句 五葷皆不忌。韻 都差鬼作呈勾魂

牌龕君作畫字付都差鬼科仍從下場門下隨撤桌椅

科五差鬼白　門神司命俱已畫字。我們還到他家香火堂、要他祖宗畫字、一併施行。全從下場門下場上右側設桌椅科外扮傅準戴巾穿行衣從上場門上唱

仙呂宮正曲　風入松

吾家積德感天知。韻有餘慶仰賴神祇。

韻白　吾乃傅宅祖宗傅準、因吾兒傅相善果圓成、唱平生厚道存仁義。韻一朝裏跨鶴昇飛。韻白　媳婦劉氏違誓開葷、造下許多業、寃罪不輕貸。媳婦你那丈夫積德

修善、今在天堂職居太師、唱合 逍遥樂早離塵世。韻 天
有報不差移。韻 入桌坐科五差鬼仝從上場門上分白
陽間爲善惡、陰府有權衡、作相見科傳準白 列位、那裏
來的、五差鬼白 奉五殿閻羅差來、活捉惡婦劉氏、速往
陰司聽審、傳準起科白 列位、吾乃善門之家、屢積陰功、
若是媳婦壽終、自應金童玉女來迎、今日來此惡拿、敢
是錯了、五差鬼白 焉得有錯、請看火牌、傳準作看勾魂
牌科唱

又一體　火牌觀看甚驚疑韻　頓教我苦痛傷悲韻滚白

媳婦兒你當初立誓持齋因何違誓開葷開葷猶可作惡多端無可解釋兒你不該聽信劉賈金奴語遣孩兒經商遠離唱　把前功一旦都荒廢韻　枉了你禮念阿彌韻合　要知是果隨因起韻到　今日裏禍相隨韻五差鬼唱

又一體　他的惡端罪過不堪提韻　三界中盡所詳知韻

他把諸神列聖任輕欺韻　可怪他兇惡無忌韻合　到陰

司苦受泥犁。韻　忙畫字莫稽遲。韻傳準唱

又一體　公差聽我說因依。韻　我媳婦冒犯天威。韻　今朝禍到難逃避。韻白　列位、你們雖奉閻羅所差、滾白　自古道律設大法、理順人情、白　列位、唱　若肯行方便容他自悔。韻滾白　謾道是老夫、就是天上傳相、凡間的媳婦孫兒、唱合　生與死　都　不忘恩義。韻　惟望取免勾追。韻作跪

又一體　求科五差鬼作扶起科唱　我　奉公守法不相欺。韻　這言詞怎敢遵依。韻　他

今造下彌天罪。韻司命神奏聞玉帝。韻合惡業深不能解釋。韻忙畫字莫稽遲。韻都差鬼作付勾魂牌科傳準

作入桌畫字科唱

又一體

教我未曾舉筆淚雙垂。韻可憐你母子分離。韻

滚白媳婦兒、你既不肯齋僧、他們自然散去、又何用火焚齋房、燒死殘疾僧道、神目昭昭、怎肯相饒、兒你道是暗室虧心無人曉、却不道天網恢恢記得實、唱土司社令詳登記。韻司命神向靈霄奏啓。韻滚白發下酆都地

今日來勾你畢竟是獨來獨往無靠無倚兒此行畢竟是受禁持夫在天曹不能救兒在陽間怎得知教我老公公欲救渾無計唱合痛得我肝腸欲碎。韻忙畫字任施爲。韻作畫字付都差鬼科仍從上場門下隨撤桌椅科五差鬼分白他今大限時將到勾取靈魂莫待遲全從下場門下

第二十三齣　黑黑冥途從此始　古風韻

丑扮頗通醫戴巾穿道袍繫䋲帶作駝背科從上場門上唱

中呂宮引　菊花新　天生一點活人心。韻　積得陰功海樣深。韻　紅杏種成林。韻上　池水任人來飲。韻　中場設椅轉場坐科白　神農去世遠、華陀不復作、百里無良醫、十病九溝壑、我生雖駝背、心頗明醫藥、陰隲滿乾坤、人稱駝扁鵲、自家頗通醫便是四方請者甚多徒弟從者又衆今喜清閒不免喚徒弟出來將難經素問脈訣等書講論一番正是學問勤乃有不勤腹空虛徒弟那裏　丑扮徒弟戴小兒巾穿道袍繫鸞帶從上場門上白　師傅四方盡仰杏林風百里咸沾橘井功　頗通醫白　徒弟但願世人無病疾休誇吾藥有靈通　末扮益利戴羅帽穿屯絹道袍繫鸞帶帶數珠從上場門上白　安人患凶病特地請醫人駝先生可在家麼　徒弟作出門科白　原來是傅掌

家請進、作引益利進門科頒通醫起隨撤椅科白 傳掌家輕易不到小鋪、今日到此何幹、益利白 安人一病十分沉重特請先生看脈下藥、頒通醫白 方纔有張家相請、明日去罷、益利白 我小官人在家、猶如大旱之望雲霓一般、請先生快去纔好、頒通醫白 既然如此、先到府上、後到張家、看藥包來、徒弟向下取藥包隨上付益利科仍從上場門下頒通醫益利仝作出門科頒通醫唱

越調正曲 水底魚兒 急急忙行。韻 前去莫留停。韻 安人病疾。

句合　拿脈便分明。韻　拿脈便分明。疊作到進門科雜扮五差鬼各戴犄角鬼髮穿鬼衣繫虎皮裙持器械從兩場門分上站立科頗通醫隨意發諢科生扮羅卜戴巾穿道袍帶數珠從上場門上作相見科白　有勞先生降臨、頗通醫白　不瞞官人說、我近日正害瘧疾、不肯出門、無奈何掌家催促、只得前來、五差鬼搧頗通醫發冷復吹頗通醫發熱頗通醫隨意發諢科白　今日這場瘧疾比往時更重、我是年老之人、那裏禁得這樣重病、快請老安人出來診一診脈、放兩劑藥在這裏、我回家去好辦我的後事、場上設桌椅科小旦扮金奴雜扮十二梅香各穿衫背心繫汗巾扶旦扮劉氏穿衫繫腰裙作病容從上場門上唱

越調金蕉葉引 禍從天墜。韻 七孔裏血流不已。韻入桌坐科唱 想當初是我差池。韻 到今日悔之晚矣。韻羅卜白 老娘病體好些了麼、劉氏白 兒你娘病體日見其加、如何是好、羅卜白 孩兒請得先生與老娘看脈、劉氏白 生

受兒了、羅卜白請先生與老娘看脈、頗通醫白愚下拜揖了、作隨意發諢科益利白病重如何回得禮、請先生看脈、桌左側設椅頗通醫作坐診脈隨意發諢科羅卜白甚麼病症、頗通醫唱

越調正曲　蠻牌令　此病甚蹺蹊。韻妙藥總難醫。韻羅卜白敢是精神疲弊血氣衰微、頗通醫唱也不是精神短。句也不是血氣微。韻羅卜白敢是食少事煩以致憂鬱、頗通醫白非也、羅卜白先生盡心醫治重重有謝、頗通醫白

妙藥難醫寃業病、就是安人横財不富命窮人就是愚下了、唱 縱神仙也難醫治。韻 況凡人如何調理。韻羅卜作哭科頗通醫白 住了、有你們哭的日子、唱合 休淚淋。句 莫皺眉。韻白 藥乃草根樹皮、止能醫人之身、不能醫人之心、須是拜告天地神明、懺悔罪業、或者可以挽回唱 除是天地垂憐、讀 災方可退。韻羅卜白 先生下甚麽藥、頗通醫白 令堂這個病症、衝撞了兇神惡煞、心慌脈亂、先要禳解、然後下藥、纔中用、羅卜白 益利快請祭星道士來禳解頻通醫白住了不要請道士在下即能祭星禳解羅卜白如此却好快擺香供益利向下取香供隨上科白請先生禱告頻通醫白伏以神通浩浩聖德昭昭凡民祈禱定蒙感應今有傅門劉氏陡沾重疾心慌意亂語言顛倒想是衝撞克神惡煞特備菲供乞求普天列聖消災降福身體安寧凡在光中吉祥如意五差鬼作打頻通醫頻通醫隨意發諢作出門科仍從上場門下都差鬼白先將金奴魂魄拿到土地廟鎖禁者

五差鬼作活捉金奴金奴作忽倒地氣絶科雜扮金奴替身穿衫背心繫汗巾暗上科五差鬼鎖金奴仝從左旁門下隨上衆梅香作驚喚科白 金奴姐、一時氣絶了、仝作扛金奴替身從上場門下隨上劉氏白 怎麽說、衆梅香白 金奴死了、劉氏作歎科白 這是我引路人去了、作哭科白 金奴兒你等着我、唱

中呂宮正曲 駐雲飛 痛苦號啼。韻口欲言時掙不起。韻五差鬼作搧風科劉氏作冷科唱 淸泠泠寒似水。韻白 快取

衣來、衆梅香向下取衣隨上與劉氏遮蓋科五差鬼作吹火科劉氏作熱科唱熱焰焰如蒸炙。韻嗏。格遍體似刀錐。韻羅卜虛白作哭科劉氏唱痛深骨髓。韻事到頭來、讀料想難逃避。韻白兒你娘這等模樣、滾白不是今日、便是明朝、唱合急辦前程不可遲。韻益利虛白向下取冠帶隨上羅卜白有件好衣服在此、老娘可要穿、劉氏虛白衆梅香隨與劉氏穿戴科劉氏作哭科白只是捨不得嬌兒、唱

又一體　扯住兒衣。韻止不住汪汪雨淚垂。韻都差鬼作

拍桌劉氏作驚看科唱　黑沉沉都是鬼。韻五差鬼作點

手喚劉氏劉氏作點頭應科唱　急煎煎催娘逝。韻嗏格

追悔是當日。韻白　你娘一死何足惜只是不會替我嬌兒完就得姻親留得娘在可遲數年娘若死了你可將娘收殮入棺滾白　速速送殯歸山送信到曹門多多拜覆你岳丈岳母教他與你完就這門姻親早晚之間夫妻房中也得有箇疼熱兒你緊記娘言語白　益利益利

跪科劉氏白 小官人年幼、有我在、做得主張、我若死了、
你與小官人、支持這分家私、滾白 且喜囊有餘資、廩有
餘粟、仍舊會緣橋頭、高掛長旛、供養僧道、賑濟貧民、切
莫違了先人的遺囑、益利、你謹記我臨終語、羅卜哭科
仝滾白 到今日兒看母悲、唱 母看兒啼。韻 兩眼睜睜 讀
痛得我 肝腸碎。韻劉氏白 兒、唱合 大限來時 顧不得伊。韻
韻作昏迷科羅卜益利衆梅香作喚科都差鬼作拍桌
科劉氏作點頭應科白 兒我還不死、你快往三官堂焚

香我就好了、羅卜應科從下場門下劉氏白益利、快取衣來、與我煖寒、益利應科從上場門下五差鬼鎖劉氏遶場仝從左旁門下雜扮劉氏替身戴鳳冠穿補服束金帶暗上伏桌上科小生扮安童丑扮齋童雜扮八院子各戴羅帽穿屯絹道袍隨羅卜益利從兩場門分上衆梅香虛白哭科羅卜作脫吉衣痛哭科衆仝唱

仙呂宮正曲 玉胞肚

肝腸痛碎。韻 悶得我渾無所倚。韻 頓然見七孔鮮血澆淋。句 猛可裏長辭陽世。韻合 幽明今後

永分離。韻 此恨綿綿無了期。韻 益利、衆院子、梅香各作脫吉衣痛哭科 羅卜唱

又一體

百年母子叶 霎時間頓成拋棄。韻 白 益利、唱 須當要大設齋筵。句 度亡靈虔心竭力。韻 合 幽明今後永分離。韻 衆全唱 此恨綿綿無了期。韻 衆梅香作扶劉氏替身從下場門下 益利、衆院子作跪勸羅卜科 亦從下場門下

第二十四齣　昭昭天報自今明　古風韻

外扮傅準戴巾穿氅繫絲縧從上塲門上白

試看黃泉下、曾將誰放鬆、寄言人世上、及早積陰功、我媳婦劉氏、雖然陽壽未終、奈他造惡多端、今被差鬼拿去、此行非常之苦、我不免趕上去、送些錢鈔與他使用、我那媳婦、唱

中呂宮正曲　駐雲飛

恨汝生前。韻不聽良言聽惡言。韻一意

行不善。韻現報分明見。韻嗏。格此去受熬煎。韻有誰見憐。韻地獄重重。讀殿殿都遊遍。韻合悔煞當初結業寃。韻

雜扮五差鬼各戴犄角鬼髮穿鬼衣繫虎皮裙持器械帶旦扮劉氏魂戴鳳冠搭魂帕穿圓領束金帶從右旁門上傳準唱

又一體

一見傷悲。韻事到如今悔是遲。韻造下彌天罪。韻有誰箇來相替。韻嗏。格此去受禁持。韻有無限孤恓。韻歷盡艱難。讀空自垂雙淚。韻合痛斷肝腸只自知。韻

劉氏魂白 你是那個、傅準白 我是你祖先公公、特來送些錢鈔、與你使用、劉氏魂白 我家祖先公公、久已棄世了、傅準白 兒你也是死的了、劉氏魂作跪求科白 祖先公公快救我、傅準白 救不得你了、虛白作付紙錢科仍從上場門下五差鬼帶劉氏魂遶場科劉氏魂作跌科白 金奴看茶來我喫、都差鬼白 這潑婦說的好自在話兒、劉氏魂作忽見五差鬼畏怕科白 列位這是那裏、五差鬼白 這是陰司了、劉氏魂白 哦這等說我死了、五差

鬼白　你不死還想活、劉氏魂作驚懼科唱，

越調正曲　竹馬兒賺　恍惚魂飄。韻　轉眼便是、讀　陰司來到。韻

空教顧後瞻前、句　却仗誰相靠。韻　使咱驚跳。韻　都差鬼

白　潑婦從前作過事、目下一齊來、唱　你　包藏瞞昧心、讀

此日要分曉。韻　去見狠閻羅、讀　當償多果報。韻　劉氏魂

唱　我也曾齋僧齋道。韻　累積善功非小。韻　如何拿問、讀

想應錯了。韻　都差鬼白　傳家三代持齋七輩好善、被你

一朝廢了、唱

又一體　你歹心腸讀　惡肺腑句　幾年間讀　罪業造來不少韻　閻君特命勾拿句　現有這火牌爲照韻　劉氏魂作看火牌科唱　停睛仔細看句白　犯婦一名傳門劉氏作哭科唱　那粉牌上讀　書黑字硃筆明標韻　都差鬼唱你業由自造韻　重重地獄苦讀　難教遁逃韻　劉氏魂作哭科唱　一旦人身失句　使我不勝悲悼韻　五差鬼唱

中呂宮正曲　駐雲飛　休怨休疑韻　獲罪於天無所祈韻　造下千般罪韻　報應難逃避韻　嗏格　此去受禁持韻　身遭顛

沛。韻自作冤愆，讀這苦誰來替。韻合急急前行不可遲。

韻劉氏魂唱

又一體

萬事都休。韻滾白正是三寸氣在千般用，一旦無常萬事休。唱可憐見銅斗斗家筵一旦丟。韻白列位公差，我夫早喪，只生一箇兒子，未曾畢姻，放我回去替我孩兒娶了媳婦再來罷。作回身欲走科都差鬼白拿了你來，還想要去。劉氏魂白回去不得了。都差鬼白回去不得了。劉氏魂作哭科唱撇得我嬌兒幼。韻可憐我孤子未與他完婚媾。韻嗏。格過後悔前頭。韻白適纔祖先公公送得有錢、奉與列位買命回陽、都差鬼白誰要你的錢、只要你的命、劉氏魂滚白苦我在陽間、存錢可以買人之生、送人之死、今到陰司、有錢無有用處、苦過後悔前頭、唱這還是自造愆尤。韻到如今縱有錢財讀難買他寬宥。韻白列位送與你罷、五差鬼白我們不要、劉氏魂白他們既不要、我帶了何用、唱合灑向黃泉逐水流。韻五差鬼各作搶錢科劉氏魂作卸鎖科急從左

旁門下都差鬼白　求我們要又不要灑在地下我們又搶　四差鬼白　快些趕上　仝從左旁門下雜扮衆餓鬼魂各戴氊帽搭魂帕穿舊破衣繫腰裙仝從右旁門上唱

又一體

舉目淒淒。韻　飄蕩隨風無所依。韻　雖苦多淹滯。韻　且喜無拘繫。韻　嗏。格白　我們乃黃泉路上無主遊魂便是念生前無善可稱無惡可舉所以死到陰司閻君勘過得免輪迴任來任去只是拋下兒女丟了家園思量起來好不苦也　劉氏魂從右旁門上衆鬼魂唱見新

鬼甚堪疑。韻蹤跡蹺蹊。韻可將他首飾衣衫讀搶奪來
權遮體。韻作向劉氏魂搶衣物科劉氏魂白我乃傅門
劉氏、積善之家、爾等不可無禮嗄、衆鬼魂白積善之家
死後須有金童玉女相隨、我們豈敢近前、似你孤身、必
定是有罪犯婦、那管你閒說、我們搶、作搶鳳冠圓領各
爭穿戴科劉氏魂白好苦、列位不拿我了、衆鬼魂白我
們也無拿你的職掌、唱合各自潛蹤不可遲。韻劉氏魂
虛白從左旁門下衆鬼魂亦從左旁門下五差鬼全從

右旁門作趕劉氏魂上遶場科劉氏魂從左旁門下五差鬼虛白科丑扮土地戴巾穿土地氅持拂塵從上場門上白 列位請了、五差鬼虛白科土地白 列位、我乃王舍城土地、那傳門劉氏之惡、是我呈奏天庭、故此玉旨降下酆都、閻羅差來活捉、但是他的陰魂、非比別箇、只因當初他夫主在日、他常念金剛經、大悲咒、諸品經卷、他都誦過、此時還有經力在身、因此難拿、五差鬼白 這等說、拿不來了、土地白 不妨事、雖有經力、不能堅固、他

如今躲在東嶽廟後。你們須用鐵叉叉住、方可拿去我多着陰兵挈助就是了。五差鬼白 說得有理。土地唱

仙呂宮 好姐姐

正曲

要知讀 閻羅命你。韻 這都是玉皇旨意。韻他 經力無能讀 惟餘寃業隨。韻合 今朝裏。韻 陰兵五路排來密。韻縱 插翅騰空也 不得飛。韻五差鬼唱

又一體

這回讀 教咱怒起。韻看 明晃晃鋼叉鋒利。韻 任教藏躲讀也要 把他魂魄追。韻合 今朝裏。韻 陰兵五路排來密。韻縱 插翅騰空也 不得飛。韻五差鬼仝從左旁

門下土地白陰兵何在、雜扮二十陰兵各戴鬼髮穿蟒箭袖虎皮卒褂持器械從左右兩旁門分上土地白你們聽我吩咐、如今劉氏藏在東嶽廟後、你們挈助衆差鬼一齊捉拿便了、從下場門下衆陰兵遶場科仝從左旁門下五差鬼持叉仝從右旁門上向臺前安設隨作禮拜祭叉畢各持叉跳舞科仝從左旁門下衆陰兵仝從地井內上各遶場隨意發諢科雜扮劉氏魂穿衫繫腰裙從右旁門上五差鬼作趕出對叉跳舞畢作拿住

劉氏魂科衆全唱

越調正曲 水底魚兒

潑婦無知。韻 造下多般罪。韻 鐵叉叉住。

句合 怎得再逃回。韻 怎得再逃回。疊 全從左旁門下

勸善金科第六本卷上

第一齣 呈法寶海藏騰光

蕭豪韻

雜扮八水卒各戴水卒臉穿蟒箭袖卒褂執旗雜扮四捧寶夜义各戴套頭穿蟒箭袖排穗捧聚寶盆珊瑚樹招寶旛牟尼珠引雜扮四海龍王各戴龍王冠臉穿蟒東玉帶雜扮四水卒各戴馬夫巾水卒臉穿蟒箭袖卒褂執節幢隨從上場門上四海龍王唱

仙呂調 點絳唇 雙曲

萬丈銀濤。韻 龍宮海嶠。韻 波光皎。韻 赤鱓文鰩（韻）擺列驅前導（韻）分白 五王諸侯秩祀同、分司天。一効神功、爲霖爲雨周塵界、如帝如天鎮海宮、吾乃東海龍王是也、吾乃南海龍王是也、吾乃西海龍王是也、吾乃北海龍王是也、全白 我等身居水府、職在安瀾、薦幣牽牲、受累朝之將享、沉圭燔帛、荷百代之懷柔、東海龍王白 今乃六月十九日、香山教主得道之辰、我等同去叅賀。一番、衆位有何寶物帶往香山進獻、南海龍王白 我獻的是牟尼珠、西海龍王白 我獻的是珊瑚樹、

北海龍王白　我獻的是聚寶盆、衆仝白　敢問東海龍王、所進是何寶物、東海龍王白　我獻的是招寶旛、捧寶夜叉何在、衆捧寶夜叉應科東海龍王白　我等今往朝賀香山教主可小心同去進奉者、衆應科塲上設冰紋椅四海龍王各上椅立科衆遶塲科仝唱

仙呂調隻曲　混江龍　俺只見波光騰耀。韻飛濤疊浪拍天高。韻有多少雲騰霧擁。句雨嘯風號。韻望十洲數星石塊。句走萬里幾箇浮泡。韻識得破眼空一切。句看不穿智

討千條。韻也有把烏江船棹。韻也有把赤壁屯燒。韻也有箇羊裘垂釣。韻也有箇鵙革乘潮。韻也有箇求魚行孝。韻也有箇奪馬施豪。韻也有箇乘鯉才傲。韻也有箇祭鱷文高。韻總只是一般天地一般人。句那裏是無些勞碌無煩惱。韻俺待要。句吸乾苦海。句着一箇涸鮒遊濠。韻四海龍王白前面已近香山我等就此趨赴。四海龍王各下椅隨撤椅科衆遶塲科仝唱

煞尾　雖則是琳宮未許凡人到。韻看隊隊鸞旗皂蓋祥

風繞。韻 蝦兵蝌吏在波心跳。韻 明珠翠羽在潮中落。韻
是處的輸誠來拜禱。韻 待叩謁蓮臺。讀 說寶偈把昏愚
曉。韻 全從下場門下

第二齣　覷亡靈酆都受譴　尤侯韻

雜扮金童戴紫金冠穿氅繫縧縧靴旛雜扮玉女戴過梁額仙姑巾穿氅繫縧縧靴旛引外扮傳相戴紮紅紗帽穿蟒束玉帶帶數珠從上場門上唱

越調引　霜蕉葉　空拳素手。韻　積蓄歸何有。韻　只有陰功不朽。韻　別人禽只爭念頭。韻白　堪羨梁王敬世尊曾將一笠蓋金身但得人行方便路果然陰隲滿乾坤吾神傳相在陽間積德施仁壽數既終蒙三官大帝將我善果呈奏玉帝封我爲天曹至靈至聖勸善太師柰因妻房劉氏違誓開葷造下許多業寃司命奏上玉帝玉旨降下酆都閻羅卽差鬼使捉拿五日前我妻又到花園罰誓我因巡遊塵世偶至南耶王舍城因到自巳花園恰恰那日只見那些差鬼把我妻劉氏的遊魂拿去妻你這惡報却怎生逃躲我且按住雲頭細看家鄉光景何如唱

越調集曲 山桃紅 下山虎首至四

故園非舊。韻 觸目堪愁。韻白 你看花陰下、埋的東西、唱 熏染梵天垢。韻 腥羶氣浮。韻白 只有孩兒呵、唱 小桃紅六至合 果素食斷葷酒。韻 把我語記心頭。韻 敬百神讀 孝二親。句 俯仰心無疚。韻 也。格 不向根塵隨逐走。韻合 天地無私祐。韻 善行果修。韻 定然福果綿綿無盡頭。韻白 你看陰雲黑霧中、一隊鬼卒來也、塲上設雲椅傅相上立科雜扮五差鬼各戴犄角鬼髮穿鬼衣繫虎皮裙持器械帶旦扮劉氏魂穿衫

繫腰裙從右旁門上遶場科從左旁門下傳相下椅隨

撤椅科白　仔細看來、我妻靈魂被拿、怎生是好、唱

披枷帶杻。韻　垢臉蓬頭。韻　衆鬼相牽走。韻　汪汪淚流。韻　要救你也難救。韻　好敎我痛還羞。韻　今日裏降汝災　讀　降汝殃。句　須知孽報應該受。韻　也。格　地獄原無心造就。韻　合　這苦誰來剖。韻　白　只是我和你夫妻之情豈不可慘、唱　此事怎休。韻　且向　菩薩跟前虔懇求。韻　白

明日六月十九日乃南海觀音得道之辰、我且到彼哀

求救度、且看如何、唱

慶餘　陰司法度難堪受。韻　善惡昭昭不自由。韻　惟有積善施仁　這便是良謀。韻　全從下場門下

第三齣　顯慈悲旨傳救母　寒山韻

場上設紫竹山蓮花座雜扮四沙彌各戴僧帽穿僧衣披袈裟小生扮善才戴綫髮軟紮扮持淨水瓶小旦扮龍女戴過梁額仙姑巾穿宮衣臂鸚哥引旦扮觀音菩薩戴觀音兜穿蟒披袈裟帶數珠持拂塵從上場門上

唱

仙呂宮正曲　風入松　日飛金彈月銀環。韻　普陀巖紫竹林間。

韻　白茫大海無邊岸。韻　鎮曉昏波濤滿眼。韻合　蕩不盡
人心險奸。韻　悲同體怎舒顏。韻　內奏樂轉場陞座科白
長風東卷海潮音、難寫人間悲苦心、八萬四千清淨目、
不聞聞裏淚盈襟、我乃觀音大士是也、今乃六月十九
日、是吾得道之辰、早見四海龍王、各駕祥雲來也、場上
設香几上設爐瓶等件雜扮四捧寶夜叉各戴套頭穿
蟒箭袖排穗捧寶引雜扮四海龍王各戴龍王冠臉穿
蟒束玉帶從上場門上分白
玉妃喚月歸海宮、碧浪疊

山埋早紅爍破千年珊枕夢來朝大士竹林中、作叅見科仝白吾等恭賀菩薩、觀音菩薩白有勞衆神降臨、四海龍王各取寶物呈獻科四沙彌各接寶物設香几上科四夜义從兩塲門分下四海龍王仝作叅拜科唱

仙呂宮正曲 桂枝香

蓮風輕泛。韻曇花初綻。韻塔間替戾鈴音。句共稽首慈雲香案。韻恭逢此日。句恭逢此日。疊光開震旦。韻敬獻瓊瑤光燦。韻合寸忱殫。韻齊登這清淨澄圓地。句願掛在寶珠瓔珞間。韻觀音菩薩作梵音誦

咒科白　唵嘛呢叭彌吽、麻偈倪牙納積都特巴達、積特些吶、微達哩噶、薩而斡而塔卜哩、悉咀噶納晡囉吶吶卜哩、丢忒班吶、哪麽囉咕說囉耶娑婆訶、四海龍王作跪聽科全白　感蒙菩薩、梵語垂慈、金經演教、吾等雖不能領略、曷勝欣幸、敬啓菩薩、那塵世愚昧、擾攘紛紜、苦戀紅塵、難抛業海、想菩薩當時身居宮院、不戀榮華、今爲萬法教主、實乃慈悲願力所致、仍望菩薩開方便門、說如是法、度化愚蒙一番、場上設桌椅、四海龍王各入

桌坐科四沙彌向下取香茗隨上分送科觀音菩薩唱

仙呂宮正曲 皂羅袍

慾海滔滔難返。韻任三身迷夢、讀小劫傳寒。韻膩香妖翠染心肝。韻處籠樊裏忘其患。韻合覓心何處。句爾心可安。韻徵心無處。句汝心不還。韻只這潮音便是心王贊。韻雜扮金童戴紫金冠穿氅繫絲縧執旛雜扮玉女戴過梁額仙姑巾穿氅繫絲縧執旛引外扮傅相戴紮紅紗帽穿蟒束玉帶帶數珠從上場門上白累世清修超浩劫、一身解脫證諸天、金童玉女仍

從上場門下傳相作叅拜科四海龍王起隨撤桌椅科

傳相白　叅賀菩薩、觀音菩薩白　太師請起、有何事到此、請道其詳、傳相白　容禀、唱

仙呂宮正曲　醉扶歸　皈依淨土餐香飯。韻　還且是全家腦髓悉皆檀。韻白　豈知弟子回首之後我妻劉氏呵、唱　頓忘了信誓盟言重似山。韻　顛倒的茹葷鬻把神明嫚。韻合　祈求菩薩憫癡頑。韻　想陀羅臂力慈無限。韻　觀音菩薩白　汝妻劉氏冒犯天威、罪業難逃、但你兒子羅卜乃上

界金剛星降生凡塵此子善孝雙修必能救度其母兒劉氏也不是壽數當終的只因罪業深重以致陰司活捉其魂吾當廣行方便令彼肉身不壞仍得還陽然必須點化羅卜前往西天見佛方可救度成此一段奇因果也太師請回天府 傅相白 幸得慈悲施救度免教狴犴永沉淪 仍從上場門下 四海龍王白 請問菩薩那傅羅卜雖是天星降凡恐他逃却本來如何點化西歸吾等再求菩薩法諭示明詳細 觀音菩薩白 他乃善門之

子容易點化善才聽者你可化作凡間道人前到傳家將羅卜所畫母像題詩點化（善才應科觀音菩薩白）龍女聽者你可前往傳家運汝神通試其道念果否堅固可將前詩寫在他門首池塘白蓮葉上（善才龍女白）啓菩薩詩句怎麼道（觀音菩薩白）聽者莫道幽明感應遲孝心天地已先知兒居塵世空懷母母墮陰司更憶兒南海觀音垂庇佑西天活佛可皈依母容安頓行囊裏竟往西天叩佛慈他自然解得往西天求佛也仍當吩

咐當方土地好生保護其母屍骸不可支散將來成此還陽一段善緣、善才龍女應科全從下場門下四海龍王白 菩薩實乃大慈大悲也、唱

仙呂宮正曲 傍粧臺

想塵寰。韻 誰人勘破了這機關。韻 雖則是佛力神通大。句 怎奈那地網沒遮攔。韻 他日閻浮界。句 結這喬公案。韻合 從前事。句 一筆刪。韻 方信道滿林花雨散旃檀。韻 觀音菩薩下座科四海龍王唱 孝心安慈願殫。韻 半珠甘露柳梢翻。韻 便化

了穩送慈航十丈瀾。韻四沙彌引觀音菩薩從下場門
下四海龍王仍從上場門下

第四齣　折奸佞身請勤王　古風韻

佛門上換建章門匾科小生扮黃門官戴紗帽穿圓領束金帶執笏從上場門上白

晨鐘初啓建章宫天樂遥聞在碧空禁樹無風正和暖玉樓金殿曉光中下官黄門是也職居紫禁身侍丹霄口播綸音目瞻天表恐有百官奏事只得在此伺候道猶未了衆官早到從下場門下生扮陸贄戴紗帽穿蟒

束玉帶執笏末扮李泌戴幞頭穿蟒束玉帶執笏外扮袁高戴紗帽穿蟒束玉帶執笏仝從上場門上陸贄唱

商調鳳凰閣引

謬叨天眷。韻要把忠言頻建。韻李泌唱沙堤新築直如弦。韻黃閣絲綸爭羨。韻袁高唱趨朝金殿。韻看斜月花梢尚懸。韻雜扮二手下各戴軍牢帽穿箭袖繫搭包持開棍雜扮二院子各戴羅帽穿屯絹道袍繫鑾帶捧笏引淨扮盧杞戴幞頭穿蟒束玉帶從上場門上唱

雙調引　賀聖朝　長樂。鐘聲下傳。韻　峭寒曉擁金韉。韻　天街塵淨慢加鞭。韻　何殊閬苑登仙。韻

二手下二院子從兩場門分下衆官作相見科內奏樂設朝科場上設帳幔高臺雜扮四值殿將軍各戴卒盔穿雁翎甲執儀仗從兩場門分上雜扮四內侍各戴內侍帽穿貼裏衣繫縧縧雜扮四宮官各戴宮官帽穿圓領繫縧縧執符節龍鳳扇從建章門上分侍科四宮官白　班齊、衆官作舞蹈行禮科唱

黃鐘宮正曲　神仗兒　山呼聖壽韻　山呼聖壽疊　揚休拜手韻　感

皇恩高厚韻　寶祚讀　萬年悠久韻　仁風沾被讀　歡騰九有韻合　聽萬姓盡歌謳韻　聽萬姓盡歌謳疊　黃門官捧旨從下場門上白　旨意下　衆官跪科黃門官白　聖旨已到跪聽宣讀皇帝詔曰朕惟國家爲治首以用賢求言爲本自李希烈叛逆以來人遭亂離風俗頹敗可開孝廉方正之科以示鼓勵郡縣訪實遞行申奏爾等諸臣若有攄忠効節獻謀建言可以佐理太平安邦弭亂

者一一陳奏朕當採納欽哉謝恩、衆官白 萬歲萬歲萬

萬歲、黃門官仍從丁墀門下四宮官白 有事者奏無事

退班、盧杞白 臣盧杞誠惶誠恐稽首頓首謹奏陛下

宮官白 奏來、盧杞唱

正宮 雙鸂鶒

正曲

臣盧杞抒忠奏啓韻 論希烈當 恕其前罪

韻 可遣使去招安用 撫綏讀 錫將土地韻若 興師旅讀

動干戈兵凶戰危韻李泌白 這廝爲何要赦希烈之罪

加他官爵起來、盧杞唱合頭 吾皇俯准臣斯議韻李泌

白　臣李泌誠惶誠恐稽首頓首謹奏陛下　四宮官白　奏
來　李泌唱
又一體　今日裏邊報馳韻　報叛臣希烈聲息韻　據蔡州
擅稱帝號讀　猖狂無比韻　豈可用讀　招安討有傷國體
韻合願　督師前往荊襄地韻　陸贄白　臣陸贄誠惶誠恐
稽首頓首啓奏陛下　四宮官白　奏來　陸贄唱
又一體　四郊萬方多壘韻　這都是大夫之恥韻　況濫叨
軍國重任讀　素餐尸位韻　愚戇性讀　與賊人誓不兩立

韻合願督師前往荆襄地。韻袁高白臣袁高誠惶誠恐、稽首頓首、啓奏陛下、四宫官白奏來、袁高唱

又一體

恨奸雄多詭計。韻當誅伐明彰懲治。韻抒愚誠誓不同天、讀願敵王餼。韻況眞卿、讀盡忠節宜加恩恤。押合願督師前往荆襄地。韻黄門官捧旨仍從下場門上白聖旨到來、衆官跪科黄門官白自李希烈背恩反叛、神人共憤、豈可加恩招撫、盧杞誤國無謀、着貶爲澧州別駕、即日出京、盧杞白萬歲、虚白從下場門下黄門

官白　茲者李晟統兵勤王、忠勇可嘉、着加爲鳳翔隴右等處節度使、卿等皆欲前往督師、足見忠心爲國、即着平章事李泌督兵前往、許便宜行事、班師之日、論功陞賞、顏眞卿身死逆賊之手、深爲可憫、加爲司徒、贈謚文忠、欽哉謝恩、仍從下場門下衆官仝作謝恩科唱

黃鐘宮　滴溜子　正曲

念微臣。句　念微臣。疊　荷蒙聖慈。韻　念微臣。句　念微臣。疊　感恩無似。韻李泌唱　臣泌。讀　濫叨驅使。韻合這　恩綸何敢當。句　軍機重事。韻衆官仝唱　仰賴天

威讀算勝出師。韻內侍宮官仍從建章門下四值殿衆官各從兩場門分下

第五齣　遊地府法羅慘毒

古風韻

雜扮牛頭馬面各戴套頭穿門神鎧持叉雜扮八鬼卒各戴鬼髮穿蟒箭袖虎皮卒褂持器械雜扮四司官各戴紥紅幞頭穿圓領束金帶雜扮四判官各戴判官帽穿圓領束角帶持筆簿雜扮四宫官各戴宫官帽穿圓領繫絛縧執符節龍鳳扇引淨扮東嶽大帝戴冕旒穿蟒束玉帶從上場門上唱

南呂宮正曲　紅衲襖

職天齊掌地祇。韻明賞罰辨是非。韻善有善報加吉利。韻惡有惡隨降禍危。韻陰與陽本同一理。韻天與人原無二義。韻但看多少惡毒奸頑句也。格古往今來放過誰。韻場上設高臺帳幔轉場陞座衆各分侍科東嶽大帝白威靈赫赫古今傳、職掌人間生死權、要得不來償惡報、好將福果種心田、吾乃東嶽天齊大帝、玉帝爲天神之尊、我爲地祇之首、受人間之香火、佑世上之人民、作善的降之以祥、造惡的降之以殃、善惡之事由人自造報應之理如影隨形正是善惡到頭終有報只爭來早與來遲。雜扮五差鬼各戴犄角鬼髮穿鬼衣繫虎皮裙持叉帶旦扮劉氏魂穿衫繫腰裙從右旁門上唱

雙調正曲【普賢歌】陽間作惡不尋常。韻命盡歸陰受苦殃。韻鐵叉把身傷。韻無處可潛藏。韻合怎躲天羅并地網。韻

五差鬼唱

【又一體】你今不必恁悲傷。韻事到頭來只自當。韻此身

進步忙。韻休論短和長。韻合從直供招休掉謊。韻作到

科都差鬼白門上那位在、一鬼卒作出門問科都差鬼白劉氏拿到了、鬼卒作進門跪科白啓上大帝、劉氏拿到了、東嶽大帝白帶進來、鬼卒作出門引五差鬼帶劉氏魂作進門跪科都差鬼跪呈公文科東嶽大帝白一名罪犯滔天惡婦傅門劉氏、劉氏魂應科東嶽大帝白好惡婦、傅家三代持齋、七世好善、被你一朝廢了、從直招來、劉氏魂唱

仙呂宮正曲 風入松 高臺明鏡聽因依。韻 容我一言剖理。韻 念 劉氏與傅相爲婚配。韻 每日裏齋僧布施。叶合 念平生未嘗妄爲。韻 論素行世皆知。韻 東嶽大帝唱

又一體 從來報應不差遺。韻 難欺天地神祇。韻 白 你還說未嘗妄爲、你的罪過土地記載、社令詳察司命奏上玉帝、玉旨降下酆都、五殿閻羅差鬼使捉拿、不招其情、還來說謊、着實打、鬼卒作打劉氏魂科 劉氏魂白 招不得、東嶽大帝唱 怪他視法如兒戲。韻 白 與我拶起來、鬼

卒作拶劉氏魂科東嶽大帝唱今日裏直窮到底。韻劉氏魂唱合爲甚的將我苦禁持。韻今到此望詳推。韻東嶽大帝唱

又一體無端潑婦太無知。韻猶逞着翻瀾利嘴。韻恨伊至死終不悔。韻惱得俺冲冠怒起。韻白招不招。劉氏魂白招不得。東嶽大帝白不招與我敲。鬼卒作敲科東嶽大帝唱合今到此斷難恕你。韻千拷打萬禁持。韻劉氏魂唱

又一體

爺爺息怒且停威。韻容犯婦招明就裏。韻白受刑不過招了、東嶽大帝白卸了拶、着他畫招、鬼卒作卸拶付紙筆科劉氏魂作畫供科唱今朝到此難逃避。韻非是我愛貪葷肥。韻滾白把橋梁拆毀、燒了齋房、逐趕僧尼、褻瀆神祇、這都是劉賈與金奴、勸我把五葷開起、鬼卒作接供招跪呈科東嶽大帝白劉賈金奴不過是讒言助惡而已、事事皆是你自己主張、所爲、還要強辯、着實打、劉氏魂滾白苦、正是陽間羅網多漏洩、陰司法度不容私、渾身是口不能言、遍體排牙說不出了苦、打得我渾身上下、鮮血淋漓體、唱合有多少惡人在世。韻何獨我受禁持。韻東嶽大帝唱

又一體

你猶然强辯是和非。韻那惡蹟天地皆知。韻舉頭三尺神難昧。韻怎憑你任性狂爲。韻劉氏魂白爺爺我並沒有任性、東嶽大帝白你還說沒有值事神、一司官應科東嶽大帝白將傳門土地、呈告劉氏狀詞拿來、一司官呈簿書一判官接呈東嶽大帝作看科白惡婦

聽者、滾白你不合違囑開葷、你不合毀像欺神、劉氏魂
作驚畏虛白科東嶽大帝滾白你不合殺犬齋僧把齋
房燬、你不合拆壞橋梁把功德隳、唱合還有那餘惡未
提。韻椿椿事簿書稽。韻劉氏魂白望爺爺開恩赦罪、放
回陽世、改過爲人、再不作惡、東嶽大帝白喚冥府長解、
鬼卒作向下喚科雜扮五長解鬼各戴鬼髮額穿蟒箭
袖虎皮卒褂繫虎皮裙持器械從上場門上作進門叩
見科東嶽大帝白這潑婦不比尋常之犯、僉汝五人俱

爲長解將劉氏帶到城隍掛號解往酆都教他關關受罪殿殿遭刑不得有違

長解都鬼作鎖劉氏魂科劉氏魂白

從前造作罪懺悔也無門

五長解鬼帶劉氏魂從左旁門下東嶽大帝白

這五殿閻羅所發牌上還有李文道本無靜虛這三起惡鬼犯怎麼不見拿來

五差鬼白

因劉氏罪惡滔天所以先行捉拿見過大帝差鬼等卽去拿那三名惡犯也

東嶽大帝白

既如此那三名惡犯我這裏不用勘問了爾等可卽拿去付與長解鬼一

同劉氏、解往城隍掛號、自然發往陰司、使各自受其罪便了、作付公文都差鬼接科五差鬼作出門科從右旁門下東嶽大帝唱

仙呂宮正曲

皂羅袍　歎　世態雲翻雨變。韻　奈人心反覆。讀　難定愚賢。韻　陽間作惡犯滔天。韻　重泉受罪難寬免。韻東嶽大帝下座科衆全唱合　自作自受。句　有誰見憐。韻　相遭惡報。句　難逃罪愆。韻　勸　世人修省當行善。韻衆擁護東嶽大帝全從下場門下

勸善金科　第六本卷上

第六齣　盼慈幃路隔陰陽　齊微韻

場上設劉氏靈桌魂旛科末扮益利戴羅帽穿屯絹道袍繫縧帶從上場門上白

長江後浪催前浪、世上新人趲舊人、今乃老安人接三之期、香供俱已齊備、不免請官人上香、官人有請、小生扮安童丑扮齋童各戴羅帽穿屯絹道袍繫縧帶扶生扮羅卜戴巾穿素道袍從上場門上白

香供可曾齊備、

益利白　齊備多時、衆使女齊捧祭禮出來、雜扮八梅香各穿衫背心繫汗巾捧祭物仝從上場門上白　祭禮有了、益利白　擺端正些、衆梅香作擺祭禮畢隨羅卜行禮科羅卜唱

雙調集曲　風雲會四朝元　四朝元首至十一句　萱親傾棄。韻　傷心珠淚垂。韻　拋閃下孤兒年幼。句　未諳時事。叶　又無兄和弟。韻　有誰憐惜。韻　有誰憐惜。疊　到如今母命天摧。韻　去之太急。韻　欲報深恩。句　昊天罔極。韻　駐雲飛四至六　未盡兒心意。

韻嗏。格痛苦枉悲啼。韻一江風五至八哭斷肝腸。句沒箇回生日。韻靈前供素食。韻聊盡爲兒意。韻衆全唱朝元令合至末死歸生寄。韻冥陽阻隔、讀無由再會。韻無由再會。疊

羅卜白益主管、你去會緣橋擇選日期、大建齋醮、不得有悞、益利應科衆全從下場門下

第七齣　道場中虔修法事　江陽韻

雜扮衆農民各戴氈帽穿各色道袍仝從上場門上唱

正宮　普天樂
正曲

挈朋儕邀鄉黨。韻　過長堤穿短巷。韻　誰能保百歲安康。韻　可憐他一旦俱亡。韻　分白　我等乃各村莊農民是也、昔年因値歲荒、蒙傳老員外開倉賑濟、不知全活了多少人的性命、彼時又檢出一應借劵租票、當面焚化、槩不要還、蒙他如此大德、至今感激不盡、那傅員外、去世已有好幾年了、新近老安人又復身故、今日在那裏廣修佛事、我等因感昔日之恩、備下冥資等物前去弔奠、以表報德之心、一路行來前面已近他家、須索快快趲到那裏、全唱合令人感傷。韻似黃粱夢一場。韻歎萬事成空讀祇留遺愛難忘。韻全從下場門下

雜扮衆街鄰各戴氈帽穿各色道袍全從上場門上唱

大石調正曲　賽觀音　意悽其心惆悵。韻歎人世渾如電光。韻早過眼無多景況。韻分白　我等乃傅員外家隣近街坊、

今者傳宅的老安人亡故、恰遇談經開弔之日、爲此我等各出分金、備辦冥資祭禮、前去弔奠、以表鄉黨和睦之意、你看那邊又有許多人衆擁擠前來、一街隣白想必也是祭奠去的、候他們一同前行便了、衆全唱合見步接肩隨來意恁匆忙。韻衆農民全從上場門上唱

大石調八月圓　正曲

共村莊讀情誼如親黨。韻可憐孝子薦先堂韻聽吹螺擊鼓聲嘹喨。韻更百尺的讀長旛風外揚。韻作相見科衆街隣白各位都是鄉村中的衆朋友、

備辦這些冥資要往那裏去弔奠的、衆農民白 衆位有所不知、我們因念傅老員外的恩德、今聞老安人亡故、爲此前去弔奠、少申感戴之私、衆街隣白 好、難得、我們是他家的衆街隣、也爲弔奠而來、正好一同前去、衆農民白 如此恰好、望乞各位挈帶同去、衆街隣白 就請一同前往、衆全唱合 偕行往。韻 酬昔日恩惠、讀 焚楮燒香。韻全從下場門下場上設道場桌供佛像設法器末扮益利戴羅帽穿屯絹道袍繫鑾帶從上場門上白 家園風景甚摧頹、惟聽城頭曉角悲、此際斷腸人不見孤燈殘照影徘徊、今爲老安人亡故特此延請高僧修齋禮懺超薦幽冥、往生極樂道場不免喚取安童齋童出來、大家料理便了、安童齋童何在、小生扮安童丑扮齋童各戴羅帽穿屯絹道袍繫鸞帶從上場門上全白當家勤辦事、聞喚卽趨前、老掌家有何吩咐、益利白今日啓建修齋道場、必須大家用心、齋童安童白這箇自然、何須吩咐、益利唱

仙呂宮正曲　六幺令

這修齋道場。韻是小官人薦拔先堂。韻大家虔敬理應當。韻延僧衆讀淨齋房。韻合諸般檢點須停當。韻諸般檢點須停當。疊齋童安童唱

又一體

安排各樣。韻潔齋筵燈燭輝煌。韻金猊寶鼎爇名香。韻敲鐘磬讀監旛幢。韻合須臾僧衆臨壇上。韻須臾僧衆臨壇上。疊仝從下場門下雜隨意扮二鋪排仝從上場門上各隨意發諢科雜扮二僧綱各戴毘盧帽穿道袍披袓衣雜扮三十二僧衆各戴僧帽穿僧衣披

袈裟從兩塲門分上各作吹打法器科益利安童齋童扶生扮羅卜戴巾穿素道袍從下塲門上作向佛前拈香禮拜科衆僧仝詠

香讚 爐香乍爇。句 法界同芬。韻 諸佛海會悉遥聞。韻 隨處結祥雲。韻 誠意方殷。韻 諸佛現金身。韻 南無香雲蓋菩薩摩訶薩。佛號衆僧作拜懺科羅卜益利安童齋童仝作隨拜科衆僧唱

雙調集曲 淘金令 金字令首至六 龍華道場。韻 虔誦稱無量。韻 南無

佛。格阿彌陀佛。格法筵華藏。韻微妙莊嚴像。韻南無佛。格阿彌陀佛。格化度無方。韻消除魔障。韻南無佛。格阿彌陀佛。格濟拔泥犁業罪。句薦度先亡。韻南無佛。格阿彌陀佛。格超登極樂薰戒香。韻南無佛。格阿彌陀佛。格合虔誠頂禮。句五體投將。韻南無佛。格阿彌陀佛。格仗此功德。讀普渡慈航。韻南無佛。格阿彌陀佛。格衆全從兩塲門各分下衆街鄰農民仝從上塲門上唱

仙呂宮正曲　玉嬌枝

臨喪悽愴。韻昔年情莫教便忘。韻楮儀排列多停當。韻少盡我誼存鄉黨。韻益利從下場門上盧白作出門迎衆進門仝從下場門下衆內唱願早超仙界極樂邦。韻逍遥穩步蓮花藏。韻羅卜益利安童齋童從下場門上作送衆出門科羅卜白有勞衆位枉駕衆白豈敢豈敢。唱合表微衷寸誠敬將。韻具微儀謹申祭享。韻衆仍仝從上場門下羅卜益利安童齋童從下場門下衆僧各持法器雜扮衆執事人各戴氈帽穿窄袖繫搭包執幢旛提提爐執傘引雜扮老禪師戴毘盧帽穿道袍披袒衣執如意從上塲門上益利安童齋童隨上衆作遶塲行香科衆執事人隨從兩塲門各分下

衆僧仝作誦咒科白

南無三慢多摩馱南阿鉢臘帝賀多舍娑嚢南呾呮他唵伽伽稀稀稀哄哄入佛臘鉢臘入佛臘帝色查帝色查色支利色支利娑判查娑判查扇帝加釋利耶娑嚩訶

二鋪排從上塲門上白 請到客堂用齋 衆仝

從兩場門各分下二鋪排白　掌家大叔、佛事將已完畢、不知在何處觀燈破獄、早些打點停當、省得臨期有悞、

益利白、二位所言極是、我已安排停妥、二鋪排白　在那裏破獄觀燈、益利唱

仙呂宮正曲　月上海棠　在廳後旁。韻　安排破獄俱停當。韻　要觀燈超度、讀　濟拔西方。韻　救苦海接引寶筏。句　受極樂定登安養。韻　二鋪排唱合　消魔障。韻　度脫閻浮、讀　早登蓮臺華藏。韻

慶餘　薦超功德稱無量。韻把淨土莊嚴細講詳。韻都是孝子虔誠薦先靈建道場。韻衆虛白仝從下場門下

勸善金科第六本卷上

第八齣 賭局外甥遇寃魂 庚青韻

雜扮王老道戴氊帽穿道袍從上場門上唱

中呂宮引【醉春風】賭博爲行徑。韻憑空開陷阱。韻見人財帛眼偏紅。句勝。韻勝。疊勝。疊鐵甕城中。句呼盧碑上。句鐫咱名姓。韻白小子爲人最庸、那知春夏秋冬、黃金視如糞土、白鏹當作靑銅、那知鍋兒鐵鑄、飯飽不問農工、害得人離家破、反面不肯相容、自家鐵甕城中、開賭博塲的王老道便是一年前有箇李客人同着一箇小夥計帶有四五千兩貨物到此發賣被我勾合了人不上一年的工夫都已輸給我了想他今日一定又要來翻本索性給他箇淨手而回便了丑扮林刁戴氈帽穿窄袖繫搭包從上場門上唱

又一體　惡賴前生定韻摸掏是素性韻謀財害命計無雙句與韻與疊與疊剪徑小人句穿窬匪類句是咱同盟韻白　莫把人心比人面世情非實只宜虛自家林刁

便是前日在王老道家賭、輸了箇精光、這兩日又合了
夥計們做了些生意、分得東西在此、今日再到他家去、
翻翻本也是好的、作進門相見科王老道白 林大哥來
了、林刁白 那李客人呢、王老道白 想必就來、我們且到
後邊去睡一覺、夜間好賭、林刁白 說得是、王老道今日
要挈襯我、王老道白 這箇自然、仝從下場門下副扮李
文道戴氊帽穿窄袖繫搭包從上場門上唱
又一體 眼下難支應。韻 囊中將告罄。韻 損人利己竟如

何句命韻命疊命疊　這裏撈來句那邊推去句到也乾淨韻

白　自家李文道自從在五道廟謀死了黃彥貴被那臧通判拿去破費了一千多兩銀子所以不曾追究實情尚有餘剩下五千多兩銀子的貨物只得把與兒收作小夥計來到潤州城中起初之時到也買賣興旺誰想被這裏開賭場的王老道吽人勾引去每日賭博頑耍豈料不上一年之間將所有的本銀盡行輸去如今弄得手無分文只得把所有衣服又已盡行變賣今

日再約張鬼去賭一塲好歹要贏些回來張大哥那裏
雜扮張鬼戴氈帽穿窄袖繫搭包從上塲門上白 朝朝
生意賭塲內日日昏沉醉夢間是誰叫我 作相見科李
文道白 今日閒暇無事我們再往王老道家去撈一撈
本如何 張鬼白 我與你連日大輸運氣不好如今改過
不去賭了 李文道白 我幾千兩銀子的本錢都輸在他
家如何就肯罷手哥說不得你也再去走一走或者運
氣轉了也不可知 張鬼白 也罷今日再同你去一遭 李

文道唱

中呂宮正曲　剔銀燈　思量起平生薄行。韻瞞心事倩誰來證。韻幾貫鈔做着幾番相厮併。韻一年來何曾一塲全勝。韻合如能。韻今番會贏。韻這醉夢須臾頓醒。韻白來此巳是、仝作進門科白王老道在家麽、王老道林刁仝從上場門上王老道白來了、角技爲營運、開賭作生涯、原來是李官人、張小郎、你說沒錢、如何今日又來、李文道白說不得、要來撈撈本、王老道白賭錢是少不得的、少刻輸了別要賴、李文道白豈有賴的道理、場上設桌上設賭具科衆各隨意發諢呼盧科李文道張鬼作輸科王老道作打李文道科白還少多着哩、快些拿出來、場上隨撤桌科李文道白其實沒有了、唱

又一體

幾年上輸得我貲囊盡傾。韻你這賭場內斷送我白銀千錠。韻論手段實難與兄相持稱。韻論做人我須從來骨鯁。韻合且聽。韻時日暫停。韻待算計來酬厚情。韻王老道唱

又一體　恁言語教人眼瞪。韻這頑錢事從無爭競。韻林

刁白　假如我們輸了你也肯教賒不成、唱　赤着手竟思

圖僥倖。韻　昧着心這般胡横。韻李文道白　相與了年把

就沒一點兒情面、等我去設法設法、自然還你、林刁唱

合須清。韻你潑皮休逞。韻我　花太歲從來不肯用情。韻

各隨意發諢科雜扮二差人各戴鷹翎帽穿箭袖繫鑾帶

帶鎖雜扮做眼賊戴氈帽穿喜鵲衣繫腰裙仝從上場

門上二差人白　來此已是、且喜門兒開在這裏、仝作進

門科做眼賊指林刁王老道白　他是同夥强盜林刁、他是窩家王老道、二差人作鎖林刁王老道科李文道張鬼作跳牆逃走科仝從下場門下王老道林刁白　我是好人、如何拿我、二差人唱

又一體

憑休要語虛口硬。韻　論劫庫行同梟獍。韻王老道林刁仝作跪求科白　我們並不知道甚麼劫裙劫褲、求爺們饒了狗性命罷、二差人唱　做過事到來推乾淨。韻　你不是歹人他們爲何兒認定。韻合　公庭。韻　親口對

證。韻虛和實當堂細評。韻全從下場門下丑扮土地戴巾穿土地氅持拂塵從上場門上白善哉、善哉、人間私語、天聞若雷、暗室虧心、神目如電、今有李文道曾在五道廟中、用毒藥藥死黃彥貴、奪其財物、一年之間、盡行賭去、仍是窮人、目下大限將終、那黃彥貴一靈不散、哭訴閻君、曾差鬼使前來勾拿、吩咐小神在此伺候、道猶未了、你看李文道來也、從下場門下李文道張鬼全從上場門急上唱

中呂宮 紅繡鞋

正曲　陡逢飛禍心驚。韻心驚。格越牆而避逃生。韻逃生。格急跌脚。句奔前行。韻泥滑刺。句眼瞢瞪。韻合倘株連。句罪難承。韻李文道白 我李文道得了些意外之財、不上一年、都在王老道家中輸得精光、今日變賣了些、又去撈梢、那知他們都是做過强盜的、誰想事體發作、前來捉拿、虧得我們跳牆而走、未曾干連、老張、不然我們都要喫官司了、張鬼白 千不是、萬不是、是你不是、李文道白 爲甚麽是我不是、張鬼白 我好好在家中坐着、你來叫我去同賭、若不是走得快、幾乎也落在盜案裏了、就是滾得出來、也要捱幾夾棍、監上一年半載、只怕這性命也是活不成、李文道白幸虧得我平日心腸極好、雖然輸了許多銀兩、不曾干連盜案、還是神明保佑、小張你也受我的福庇、張兕白李大哥、你說你是好人、我却不信、李文道白你爲何不信、張兕白我聽得人說、有箇甚麽黄彦貴、李文道作驚科張兕白你在路上謀死了他、得了他許多銀子貨物、如今仍舊輸完了、豈不是箇天報、土地引雜扮二差鬼各戴犄角鬼髮穿鬼衣繫虎皮裙持鎖末扮黃彥貴魂戴巾穿道袍繫腰裙全從右旁門上土地仍從右旁門下李文道白他說起黃彥貴、我頓覺神魂如失、什麼緣故、黃彥貴魂作打李文道科李文道唱

中呂宮正曲 撲燈蛾 我眼花不見人。句眼花不見人。疊心慌沒把柄。韻團遶盡寃魂。句耳畔。更聞索命。韻也。格白不好鬼來了、唱道我短行虧心。句緊趕着教人脫了魂靈。

韻鬼門關風來慼冷。韻合七竅開讀霎時鮮血似泉傾。

韻作昏跌死科雜扮李文道替身戴氊帽穿窄袖繫搭包從地井暗上二差鬼黃彥貴魂作仝捉李文道從左旁門下張鬼唱

又一體

陰風忒慘悽。句陰風忒慘悽。疊登時發狂病。韻昏迷氣如絲。句急切頻呼不醒。韻也。格白李文道李大哥。唱看你眼前果報。句嚇得人汗冷成冰。韻白看他七竅流血登時氣絕而亡了這是寃魂纏擾一報還他一

報如今却怎麼處你看那邊有箇現成土坑不免將他
掩埋便了。作掩埋李文道死屍科李文道替身仍從地
井下張鬼唱 是誰家安排土埂。韻合 借他山讀一抔須
是你荒塋。韻白 莫謂天道無知看來毫釐不爽我聞得
說李文道謀死夥計黃彥貴得他錢財如今活活的立
刻發喘竟七孔流血而死我張鬼平日雖不曾害人性
命也不知做了多少昧心的事萬一閻羅算起賬來少
不的也是這般光景罷罷放下屠刀立地成佛我如今

千思萬想祇有那佛門中廣濶無邊乃是藏污納垢之所說不得只得把這幾根頭髮一齊削去做箇和尚混混日子罷正是沒法不如削髮好無家方信出家高從下場門下

勸善金科　第六本卷上

第九齣　貪懽密計尋安樂　古風韻

丑扮僧本無戴僧帽穿道袍繫絲縧從上場門上唱

雙調正曲　字字雙　少年難以事修行韻　火盛韻　背師悄地學偷情韻　由逕韻　途中幸遇俏娉婷韻　有與韻合　百年姻契結三生韻　歡慶韻　歡慶疊白　自家本無是也向日背師逃走在途中幸遇靜虛今在土地祠中暫住只是僧尼一處實非久居之所萬一被地方人等看出破綻反

爲不美且喜隨身帶得幾兩銀子不免與他商議尋箇僻靜孤村獨戸人家將銀子買通潛身寄頓待等周年半載二人長起頭髮再往他鄉另尋活計人人只道一對夫妻那知是還俗的尼姑和尚正是不可一日無謀計始信三生有宿緣渾家快來

小旦扮尼靜虛戴尼姑巾穿水田衣繫絲縧從上場門上上場上設椅虛白各坐科本無唱

雙調集曲　江頭金桂五馬江兒水首至五

聽我說箇就裏。韻這相逢實

罕稀。韻我和你　披緇削髮。句原非本意。韻皆是爹主張
娘所爲。韻金字令　到如今　意亂心迯。韻白　事已做出
來了我們在此非長久之計、不如迯到僻靜村莊做箇
夫婦罷、靜虛白　我好悔也、本無白　悔着何來、靜虛唱　忘
師訓誨。韻　不顧四知堪畏。韻却做了　柳絮飛飛。韻　隨風
零亂無所依。韻本無唱桂枝香　我和你　相逢非易。韻
也是　前緣宿世。韻合　到今日。韻和伊　急早商量取。句移
步　前行莫待遲。韻靜虛白　依你所言、和你同行、但誰不

知道你我是僧尼此去被人拿住送到有司這罪過怎生禁受（本無白）人無遠慮必有近憂我的計較好多着哩（靜虛白）説來我聽（本無白）你我在此土地祠中終非結果不如尋一僻靜孤村養出頭髮來只説是一對夫妻誰來尋問（靜虛白）既如此禍福賴伊擔帶我便隨你前行（各起隨撤椅科本無唱）

越調正曲【憶多嬌】計已設。（韻）事已決。（韻）兩意相投情怎撇（韻）盡老今生永無別。（韻合）且共歡悅。（韻）且共歡悅（疊）那管

將來造業。韻全從下塲門下

觀音全科

第六本

咒

第十齣　罰惡同時證果因　古風韻

雜扮三差鬼各戴犄角鬼髮穿鬼衣繫虎皮裙持器械

仝從右旁門上唱

雙調正曲　普賢歌

來如弩箭去如風。韻惡霧愁雲裊半空。韻猙獰面目兇。韻剛强聲勢雄。韻合去捉生魂五路通。韻

分白　世上混沌一年，冥府如過一月。陽間作事一日陰司只當一刻。我等奉閻羅王之命，捉拿劉氏帶見東嶽

大帝拷問已畢只爲那因財害人的李文道還有姦淫還俗僧人本無尼姑靜虛俱在劉氏一牌所以東嶽大帝命我等卽便分拿前來好與劉氏一同解入地獄受罪如今李文道想已拿住那僧尼現在土地祠我們前去捉拿便了全唱

越調正曲 水底魚兒 火速前行韻 分拿諸罪名韻 陰司法度句合 誰敢擅容情韻 誰敢擅容情疊 全從下場門下 隨

帶丑扮僧本無魂戴僧帽搭魂帕穿道袍繫腰裙小旦

扮尼靜虛魂戴尼姑巾搭魂帕穿衫繫腰裙從下塲門上遶塲科仝從左旁門下雜扮五長解鬼各戴鬼髮額穿蟒箭袖虎皮卒褂繫虎皮裙持器械帶旦扮劉氏魂穿衫繫腰裙從右旁門上唱

中呂宮正曲 駐雲飛

苦楚連顛。韻 果報而今知不免。韻 陰靈受刑憲。韻 有口難分辯。韻 嗏。格 提起淚漣漣。韻 隔斷人天。韻 痛想嬌兒。讀 要見無由見。韻合 只落得悶對神天空淚彈。叶 長解都鬼唱

又一體

你作惡生前。韻到此如何出怨言。韻陽世行不善。韻陰府應遭譴。韻嗏。格急走莫遲延。韻早到城隍殿前。韻掛號施行。讀地獄都遊遍。韻合受盡非刑誰見憐。韻仝從左旁門下三差鬼帶本無魂靜虛魂從右旁門上唱

越調金蕉葉引

好事多磨。韻正歡娛又遭折挫。韻怕見他鐵面閻羅。韻斷不肯輕輕饒我。韻仝從左旁門下雜扮二差鬼各戴犄角鬼髮穿鬼衣繫虎皮裙持器械帶副

扮李文道魂戴氈帽搭魂帕穿窄袖繫搭包從右旁門

上白 你們這樣鬼頭鬼腦、到底送我往那裏去、二差鬼

白 爲你生前作惡閻君差來拿你到陰司受罪、李文道

魂白 這等我不是人了、二差鬼白 你是鬼了、李文道魂

唱

又一體 利多害多。韻 反將我一身結果。韻 悔當初作事

差訛。韻 到今朝災來怎躲。韻五長解鬼帶劉氏魂三差

鬼帶本無魂靜虛魂仝從右旁門上五差鬼白 四犯俱

已拿齊奉東嶽大帝之命帶見城隍起解前行、都差鬼

白列位、這是重犯、不比其他、倘有疎虞、取罪不便、爾等

長解須要小心、吾等差畢各回去也、五長解鬼白正是

如此、五差鬼仍從右旁門下五長解鬼作帶四鬼魂遶

塲科四鬼魂唱

商調正曲【山坡羊】暗昏昏讀　幽冥難辨韻　黑濛濛讀　愁雲亂

捲韻　冷清清讀　刺骨陰風句　惡狠狠讀　鬼魅猙獰面韻

想我　在生前韻　無端造業冤韻　一朝身死遭陰譴韻　歷

盡艱危有誰見憐。韻合難言。韻此去憂愁有萬千。韻熬

煎。韻作惡的陰靈受罪愆。韻仝從左旁門下

第十一齣　昇天界早逢接引　眞文韻

雜扮四皂隸鬼各戴皂隸帽穿箭袖繫皂隸帶持器械雜扮四小鬼各戴鬼髮穿箭袖虎皮卒褂持器械雜扮判官戴判官帽穿圓領束角帶持筆簿雜扮鬼使戴鬼髮穿蟒箭袖虎皮卒褂持鎗引生扮城隍戴紮紅幞頭穿圓領束金帶從上場門上唱

仙呂調隻曲　點絳唇

正直爲神。韻報施最准。韻難容紊。韻把

善惡攸分韻看赫赫的威靈震韻場上設公案桌隨椅轉場入座科白昭彰天道有神靈體察人間善惡明處世惟憑三尺法須知毫髮不容情吾乃城隍是也統理陰陽專司善惡但有一切新亡之鬼須當至此掛號左右有投文掛號者引他進來四皂隸鬼應科雜扮金童戴紫金冠穿蟒繫絲縧執旛雜扮玉女戴過梁額仙姑巾穿蟒繫絲縧執旛引六善人末扮段秀實戴紗帽穿圓領束金帶小生扮鄭賡夫戴巾穿道袍旦扮陳桂英

穿衫淨扮僧明本戴僧帽穿僧衣繫絲縧帶數珠生扮道貞源戴道巾穿水田道袍繫絲縧帶數珠老旦扮尼貞靜戴僧帽穿老旦衣繫絲縧帶數珠從右旁門上分白

爲臣忠義報君恩，厚道存心積善因。婦女凛操堅節志，人倫首重孝名聞。

金童玉女白　衆位善人請少待，善人掛號。

作引六善人進門科金童呈公文科白　公文在此。

城隍白　原來俱是忠臣孝子節婦，兼有善僧善道善尼，列位俱係善者，在我這裏掛號已畢，可遊觀地獄前

到鬼門關超昇天府可欽可羨、六善人唱

中呂宮正曲　駐馬聽　謹啓尊神韻　聽取一言聊告陳韻　喜將

來得遊碧落句　免滯黃泉讀　幸脫紅塵韻　飛身直上拜

天闕韻　仙官雲外相招引韻合　這都是浩蕩天恩韻　念

區區小善讀　又何足論韻　城隍唱

又一體　後果前因韻　相報由來最是准韻　美伊行完名

全節句　行滿功圓讀　去垢離塵韻　想福緣善慶不差分。

韻　世人從此須堅信韻　作批公文付金童科衆擁護城

隍仝從下場門下金童玉女引六善人作出門科衆仝

唱合這都是浩蕩天恩。韻念區區小善韻又何足論。韻

仝從左旁門下

第十二齣　造業緣自畫供招　古風韻

雜扮五長解鬼各戴鬼髮額穿蟒箭袖虎皮卒褂繫虎皮裙持器械帶旦扮劉氏魂穿衫繫腰裙副扮李文道魂戴氊帽穿窄袖繫搭包丑扮僧本無魂戴僧帽穿道袍繫腰裙小旦扮尼靜虛魂戴尼姑巾穿衫繫腰裙仝從右旁門上五長解鬼唱

高大石　卒地錦襠

調正曲　陽間作惡任欺瞞。韻　陰司法度不容

寬。韻世人修善免冤愆。叶合事到頭來悔是難。叶長解

都鬼白來此城隍廟、不免掛號施行、作到科虛白通報

科雜扮一皂隸鬼戴皂隸帽穿箭袖繫皂隸帶從上場

門上作出門問科長解都鬼白有帶來衆惡犯、求掛號

施行、皂隸鬼虛白作進門傳鼓科雜扮三皂隸鬼各戴

皂隸帽穿箭袖繫皂隸帶持器械雜扮四小鬼各戴鬼

髮穿箭袖虎皮卒褂持器械雜扮判官戴判官帽穿圓

領束角帶持筆簿雜扮鬼使戴鬼髮穿蟒箭袖虎皮卒

褂持鎗引生扮城隍戴紮紅幞頭穿圓領束金帶從上場門上白　陰陽一理豈無憑、德盛名言載聖經、四境人民蒙福庇、千年香火著威靈。轉場入公案坐科皂隸鬼白　禀上城隍、有長解鬼帶來衆惡犯掛號、城隍白　帶進來、皂隸鬼作出門引衆長解鬼帶衆鬼犯進門跪科長解都鬼呈公文科城隍白　一名違誓開葷、滅像欺神犯婦傅門劉氏、劉氏魂應科城隍白　一名因財藥死人命李文道、李文道魂應科城隍白　一名還俗淫僧本無、本

無魂應科城隍白　一名還俗淫尼靜虛、靜虛魂應科城隍白　你們都是不敬神靈、所以至此、李文道魂白　爺爺、非干小的不敬神靈、不知鬼神住在那裏、城隍白　鬼神之道何處無之、爾等據陳言俗論以爲鬼神不足信、那知道二帝三皇敬天以勤民、周公孔子制祭以報本、正爲鬼神德盛故也、李文道魂虛白城隍唱

高大石調正曲　念奴嬌序

鬼神盛德。句　古聖人制禮讀　使齋明盛服欽承。韻　在上洋洋。句　流動處。讀　同欽濯濯聲靈。韻

須省。韻郊社兼修。句禘嘗迭舉。句享親享帝豈無憑。韻

白你們這些惡犯、唱合今到此。句衆鬼犯白望爺爺超生、城隍唱似江心補漏。讀說甚麼筆下超生。韻劉氏魂白爺爺、劉氏在生、是持齋敬神的、城隍白劉氏、唱

又一體

畢竟。韻你持心不定。韻自當年立誓茹齋、讀空爲話柄。韻纔喪夫君。句便開葷、讀殺害了許多性命。韻那更。韻白違誓開葷、又到花園立誓、唱昧巳瞞心。句虛詞僞語。句逞翻瀾長舌誑神明。韻合今到此。句似江心

補漏、讀說甚麽筆下超生。韻白 本無、靜虛、唱

又一體

難罄。韻你罪惡多端。句淫邪無止。句罔遵戒律恣胡行。韻如天膽、讀也不怕神明照證。韻詳聽。韻那南海觀音。句西方文佛。句他塵凡念絕甘清淨。韻合今到此。句似江心補漏、讀說甚麽筆下超生。韻白 李文道、唱

又一體

强橫。韻狠比豺狼。句毒如蛇蝎。句獸心空自具人形。韻全不怕、讀暗中却有神明。韻不應。韻白鏹思謀。句黑心頓起。句便戕殘人命恁般輕。韻合今到此。句似

江心補漏讀說甚麼筆下超生韻白可着衆鬼犯畫供

皂隸鬼各付紙筆科劉氏魂作畫供科唱

正宮正曲　醉太平

神明韻祈求垂聽韻論一身罪業讀難逃明鏡韻望廣開天赦句寬恩特賜哀矜韻李文道魂作畫供科唱如能韻陰司免罪放回生韻再不敢謀財害命韻劉氏魂仝唱合供招已定韻堦前匍匐讀哀告聲聲韻本無魂作畫供科唱

又一體

追省韻當時穢行韻枉披緇削髮讀失迯本性

韻。相逢冤業。句　無端惹下風情。韻　靜虛魂作晝供科唱

招承。韻　生前淫奔醜名聲。韻　抵多少桑間行徑。韻　本無

魂仝唱合　供招已定。韻　堦前匍匐。讀　哀告聲聲。韻　皂隸

鬼白　晝供已畢、城隍白　冥府長解鬼何在、五長解鬼應

科　城隍白　衆鬼犯俱已招認、爾等可解入酆都按罪施

行便了、長解都鬼白　啓上尊神、我等五人俱是東嶽殿

下聽差的、因這劉氏是極大重犯、蒙東嶽大帝特僉我

等五人、都爲長解、要一齊解到陰司、使他關關受罪、殿

殿受刑、這李文道本無、靜虛因與劉氏一牌勾拿、所以差鬼們拿住、一齊交與我們、解到殿下掛號、若解往前途、恐不能一路而行、城隍白 如此、殿下聽差解鬼何在、雜扮三解鬼各戴鬼髮額穿蟒箭袖虎皮卒褂繫虎皮裙持器械仝從上場門上作叅見科城隍白 將這惡犯李文道、淫僧本無、惡尼靜虛、可解往前途、按罪受刑、不得有違、作付公文科三差鬼隨帶李文道魂本無魂靜虛魂從左旁門下城隍白 這劉氏、他自家發下誓願、今須解往重重地獄按律施行不得有悞長解都鬼白告啓尊神劉氏今日回煞之期可容他回煞麼城隍白回煞乃陰司慈悲之念本不容回恐違舊例也罷看你丈夫分上容你一行劉氏魂白多謝爺爺城隍唱

慶餘　昭昭天道明如鏡。韻悉照你生前誓願行。韻衆鬼判引城隍仝從下場門下劉氏魂唱再不道暗裏的神明恁樣靈。韻五長解鬼帶劉氏魂從左旁門下

第十三齣　返家庭一靈託夢　古風韻

塲上設劉氏靈桌科生扮羅卜戴巾穿道袍從上塲門上唱

仙呂宮正曲　步步嬌　思親愁苦知多少。韻夢魂常驚覺。韻滾滾淚珠拋。韻試看日月長明。句堪痛雙親亡早。韻合孤子苦悲號。韻臨風揮涕何時了。韻白今日乃是我母親回煞之期、天天憐念、我母親陰靈回家一遭、也未可知、

待我在靈前焚香拜禱一番、作拈香禮拜科唱

南呂宮正曲　香羅帶

思量父母恩。韻孝心未申。韻方期侍奉晨與昏。韻誰料椿萱先後殞其身。韻也。格滾白自從喪了我椿庭萱花冷落桑榆景、誰知道又凋零、這的是樹欲靜而風不寧、子欲養時、唱奈我的。句親不存。韻滾白此恨怎禁、唱聞道是靈椿一萬六千春。韻合又道是萱草可比慈親。韻也。格滾白何獨我的椿萱、不得享遐齡、對這燭銷焰短空追省、好教我苦痛心疼也、唱只落得千行滴淚頰。韻內作起更科末扮益利戴羅帽穿屯絹道袍繫縧帶持灰從上場門上白　官人、地灰在此、安人還魂之夕、正當灑灰鋪地、以候蹤跡、羅卜白就此灑灰鋪地者、益利應作灑灰鋪地科仍從上場門下羅卜白

地灰如雪白、清夜似年長、願我娘昭鑒、歸來走一場、作伏地睡科內作打二更科場上預設轉盤門神切末科雜扮五長解鬼各戴鬼髮額穿蟒箭袖虎皮卒褂繫虎皮裙持器械帶旦扮劉氏䰟穿衫繫腰裙從上場門上

唱

仙呂宮正曲　步步嬌　自歸陰府多驚恐。韻生世成何用。韻白我在陽世、唱常聞得萬事轉頭空。韻白今日到此、悟得陽世呵、唱雖未轉頭時。句也都是一塲春夢。韻合寄語勸愚蒙。韻早把彌陀誦。韻白長官、前面就是我家、乞容見我孩兒一面、長解都鬼白只恐門神不肯、劉氏魂作跪求科白望長官方便方便、長解都鬼白看他這般哀求、也罷、我們竟一齊擁去、怕甚麼門神、內作打三更科

五長解鬼帶劉氏魂作欲進門科轉盤門神切末轉出外末扮二門神各戴紮紅幞頭穿圓領束玉帶雜扮二仙童各戴線髮穿採蓮衣隨上二門神白

來者是何鬼魅、

劉氏魂作跪科白

告啓尊神、犯婦劉氏、今日回煞到家、望尊神容我進去、

二門神白

托生方可進此門、死去焉能復進、

唱

越調正曲　水底魚兒

生死途分。韻　一去無返辰。韻

劉氏魂白

念我孩兒行善之人、望乞方便、

二門神白

不容進去、

唱

快離家舍。句合難容哀告頻。韻難容哀告頻。疊長解都鬼白　回煞之事、乃陰司慈悲之念、哀憐死者容他入宅、有何不可、二門神白　斷不容進吾神去也、二門神仍從轉盤轉下二仙童隨下隨撤轉盤切末科長解都鬼白　也罷、我們從後門進去、五長解鬼帶劉氏魂從下場門下副扮判官戴判官帽穿圓領束金帶紮袖持笏從上場門上跳舞畢中場立科五長解鬼帶劉氏魂從上場門上判官白　那裏來的、劉氏魂作跪科白　犯婦劉氏、今

日回煞來家望尊神容我進去、判官唱

又一體 作見伊身。韻冲冠起怒嗔。韻劉氏魂白多蒙城隍老爺、看我丈夫兒子分上、容我回煞托兒一夢、判官唱你罪盈惡貫。句合快快離家門。韻快快離家門。疊從下場門下長解都鬼白又不容進、也罷、我等起陣業風、使他從空而進罷了、五長解鬼作起風仝進科劉氏魂唱

商調正曲 山坡羊 到家庭。讀看不盡一生手跡。韻見嬌兒、讀

搵不住我兩行珠淚。韻白兒老娘來看你、休得着驚、唱悔當初讀不聽兒言。句到今朝、讀解入酆都地。韻苦痛悲。韻如今悔是遲。韻這回見你使我多增愧。韻白這是我的棺材、裝了我的肉身在內、滾白正是生不認魂死不認屍、咽喉氣斷、屍魄兩離、從今撇却家庭也、唱知道何時再得回。韻合孤恓。韻痛斷肝腸裂碎脾。韻思之。叶若要相逢是夢裏。韻內作打四更科五長解鬼白這樣時候該去了、劉氏魂白是曉得了、唱

又一體　言難盡讀一時半會。韻好囑咐、讀嬌兒牢記。韻

滾白　見你正好看經念佛、你正好齋僧布施、唱　你須是讀把善事虔修。句你須是、讀爲老娘作箇超生計。韻內作打五更鷄鳴科劉氏魂唱　聽金鷄。韻咿咿喔喔啼。韻

五長解鬼作催行科劉氏魂跪求科滾白　苦無奈這公差催逼催逼我眼睜睜和你相拋棄、五長解鬼白　快些去罷、劉氏魂白　見我去了、滾白　見前日將我拿去先見東嶽、後見城隍、爲因回煞之期、多蒙城隍老爺念你先

君分上放我回家母子夢中一會自今以後陰陽間別
再不得相逢兒唱從今一去幽冥地韻一路淒涼訴與
誰韻合孤恓韻痛斷肝腸裂碎脾韻思之叶若要相逢
是夢裏韻

南呂宮引 哭相思 金鷄叫破五更期韻五長解鬼唱去色匆
匆不可遲韻劉氏魂作撲近羅卜科五長解鬼帶劉氏
魂作起風仝出科劉氏魂白這是那裏了五長解鬼白
從你家出來了劉氏魂唱一陣天風從地起韻騰空飛

出舊庭幃。韻作欲掙回科五長解鬼帶劉氏魂遶場科從左旁門下羅卜作醒科白母親在那裏、作撲倒地科唱

商調　山羊嵌五更　集曲　出坡羊首至四

夢兒裏、讀分明見我娘。韻口兒裏讀殷勤對我講。韻滾白夢中恍惚、見我老娘囑我念佛看經、齋僧布施、又道爲母親作箇超生之計、娘唱我則道隔陰陽、讀冥漠無聞。句那曉得死如生、讀恁地多靈爽。韻白待我秉燭看來、作秉燭看科唱五更轉六至九

娘這地灰上○韻分明有○句跡可詳○韻滾白這一路來那一路去、唱娘這畫堂中分明是你來又往○韻山坡羊八至末看這行蹤○讀空教想像○韻悲傷○韻一度思量一斷腸○韻恓惶○韻珠淚千行共萬行○韻內作鷄鳴鴉啼科羅卜唱

商調正曲　山坡羊

聽金鷄○讀五更頭叫甚慌○韻恨慈烏○讀兩分飛去甚忙○韻滾白方纔老母又對我言、唱自今以後讀陰陽間別○句滾白再不能彀相逢、唱我這裏○讀一場痛哭空思想○韻我的娘○韻你那裏一路孤恓苦怎當○韻

恨悠悠並着天地長。韻益利從上場門上白官人可曾見老安人麽、羅卜滾白夢裏分明見面、醒來依舊無踪唱靜悄悄只見這星月朗。韻合悲傷。韻一度思量一斷腸。韻恓惶。韻珠淚千行共萬行。韻銀河影落金鷄唱。韻催得慈親去渺茫。韻明日裏畫取親容仔細想。韻全從下場門下

第十四齣　遵法諭二聖臨凡　東鍾韻

小生扮善才戴線髮軟紮扮持淨水瓶小旦扮龍女戴過梁額仙姑巾穿宮衣臂鸚哥仝從上場門上唱

仙呂宮集曲　桂花徧南枝　桂枝香首至四

天風輕送韻海霞紛擁韻憑凌虛倒景蒼茫句看一帶熱閙浮夢韻分白慈雲佛日照娑婆紫竹林間瑞靄多長向普陀巖下望蓮花海裏不揚波吾乃善才是也吾乃龍女是也皈依蘭若侍

奉蓮臺生歡喜心發慈悲願綠楊枝畔聞說法而紛墜
天花鸚鵡聲邊罷談經而輕收貝葉今者蒙菩薩法諭
着我二人下凡前往南耶王舍城指示傅羅卜試他道
行兩度留詩點化他往西天見佛救母離諸苦惱須信
悟則衆生是佛迷卽佛是衆生欲分善惡因緣只在自
身一念只是要劉氏解脫地獄之苦除非羅卜呵　全唱

鎖南枝　四至末

禮世尊爲法更亡身句救母氏探幽還歷恐韻合他
舉善念句能感通韻我聆法旨句索遵奉韻善

才白 一路而來你看閻浮世界營營役役、往往來來、都是業緣所引也、龍女白 果然如此、仝唱

又一體 蝖飛蠕動。韻 民稠物衆。韻 是答見蟻聚蜂屯。句 到處裏摩肩接踵。韻 善才白 你我可緩緩行去、沿途仔細遊覽一番、龍女白 如此甚好、仝唱 且向這塵世暫留連。句 莫便把雲程忙催送。韻 合 齊州小。句 一望中。韻 我待要按銀鸞。句 把雙轡縱。韻 仝從下場門下

第十五齣　筆底慈容和淚寫　江陽韻

生扮羅卜戴巾穿道袍從上場門上白

終夜思親勞夢魂淚珠滴盡月黃昏堂前不見萱花影衣上空瞻舊線痕

中場設椅轉場坐科白

羅卜不幸慈母又亡只待揀定良辰合葬父墳一處但老娘晚年不信神明死後恐遭惡報我今禮佛看經懺悔母親罪過正是風聲鶴唳如聞歎息之聲月夕花朝空想儀容莫

見。起隨撤椅科白 不免取出筆硯來、畫取母親儀容、以便朝夕瞻仰、少申哀痛。齋童、丑扮齋童戴羅帽穿屯絹道袍繫縧帶從上場門上白 來了、官人有何吩咐、羅卜白 看筆硯過來、齋童應科場上設桌椅科齋童向下取幀幅文房隨上設桌上科從下場門下羅卜入桌坐科

唱

雙角套曲 新水令 一從慈母夢黃粱。韻 歎伶仃悄無瞻仰。韻 每日裏 寒雲迷峻岜。句 每夜裏 冷月照高堂。韻 見這裏

拜告無方。韻因此上摹寫着親容像。韻作持筆欲畫科

唱

雙角套曲 川撥棹

想親容情慘傷。韻恍惚似你見於前臨於上。韻心兒裏無限思量。韻先畫你容貌端莊。韻畫出你神清氣爽。韻畫出你兩鬢如霜。韻畫出你喜歡時兩朶眉兒放。韻畫出你坐如尸整肅衣裳。韻白我想天下畫工雖巧滾白花可畫不能畫其馨月可畫不能畫其明水可畫不能畫其聲人可畫不能畫其情老娘唱

雙角套曲　錦上花

我只畫得你面貌與衣裳韻滚白養育孩兒懷胎十月乳哺三年而今畫在那裏了娘畫不出你養子劬勞唱艱辛形狀韻畫不出你性天慈厚句心地溫良韻畫不出你一生來句許多的賢淑行藏韻只畫得你鬢颼颼老景蕭疎句與那臨終模樣韻作畫完詳看哭倒科白我母儀容倒也十分厮像出桌科白我想古人父母死後思念不已也曾有之老娘誰似我和你來唱

雙角套曲　水仙子

想丁蘭刻木爲爹娘。韻白丁蘭雖能刻木、滚白奈樹欲靜而風不止子欲養而親不在了、唱空想皐魚感風木悲傷。韻白皐魚風木之悲徒遺於父母之死後不能菽水之歡少盡於父母之生前、滚白倒不如孟宗的哭竹蔡順的分桑閔損的推車伯俞的泣杖更有箇懷橘的陸績搧枕的黃香負米的子路卧氷的王祥這都是生前孝順兒郎愧孩兒皆未之能、唱默對親容空懷悒怏。韻白我想丹青之巧也不過是形肖而已、

唱那九尺交非九尺湯韻重瞳舜豈重瞳項韻那先師仲尼麗韻却同陽虎樣韻恨只恨毛延壽描壞王嫱韻

白何不將我母儀容供在中堂、瞻拜一番、作向椅上供像科唱

雙角得勝令套曲

把親容高供在中堂韻作拈香禮拜科唱寶爐內焚着沉水名香韻自從那日分張韻滾白你孩兒那一日不思、唱那一時不念想韻想親容夙夜徬徨韻喜今日再覩容光韻我的娘望你靈魂早降韻白淚

眼模糊看不十分清楚倒是我差矣老娘滾白容孩兒

含了哀揾了淚唱含哀揾淚置奠陳觴韻末扮益利戴

羅帽穿屯絹道袍繫縧帶從上場門上白小官人在中

堂畫老安人儀容不免去看看作進見哭科白小官人

不是這樣供法待老奴取箇畫杆來向下取畫杆隨上

懸像供科羅卜白益主管快取香茗蔬食來供養老娘

益利應科向下取茶隨上羅卜白老娘孩兒進茶在此

望老娘請飲一杯唱

雙角套曲 神曲纏[illegible] 進杯茗。不見我的親來嘗。韻益利役向下取饌隨上羅卜白老娘孩兒供饌在此望老娘請用一匙。唱奠蔬食不見我的親來享。韻滾白娘往日孩兒聲叫聲應今日裏爲甚的任孩兒叫了千聲萬聲你緣何半聲不應。唱好教我痛煞煞寸寸兒碎碎的裂斷肝腸。韻作痛倒科益利虛白作扶科羅卜滾白痛煞你在生時兒不曾學反哺慈烏到今日娘死後空作跪乳羝羊唱報不盡養育恩天高地廣。韻訴不盡衷腸悶地久天

長。韻好教我滴溜溜揾不住珠淚千行。韻益利作扶羅

卜起科白小官人、你且耐煩些待老奴取杯熱茶來你

喫、可憐、這樣孝心實所罕見也、仍從上場門下內作鴉

啼羅卜作聽科唱

雙角套曲

歇指煞聽慈烏啞啞恁淒涼。韻白慈烏嗄。唱你那

裏斷腸聲偏向我斷腸。韻聽得來越添惆悵。韻白古人

以慈烏比父母、莫不是老娘靈魂到家麽、慈烏若是我

老娘靈魂、對我再喚幾聲、內復作鴉啼科羅卜唱分明

是老娘靈魂到家鄉。韻白娘、滚白想你在生爲人、不待生而存、死後爲神、不隨死而亡、今日裏覷親容、娘故如生。唱聽烏啼 分明是娘猶不喪。韻作欲牽劉氏衣科白母親、作痛哭科唱惹得我 瀟瀟淚雨似湘江。韻益利捧茶仍從上場門上虛白科羅卜唱悠悠 悲恨無窮壞。韻何日可能忘。韻白你看娘親儀容、飄拂起來、想要下來與孩兒講話麽、老娘快下來罷。益利白這是風吹動的。小官人不必悲慟罷。羅卜唱原來是 西風吹動影飄颻。

韻我這裏猛回頭恍惚裏　疑是我娘親。句想孩兒念孩
兒　倚定門兒望。韻白　益主管、父母之恩昊天罔極、這些
時只顧在家中、料理老娘事務、如今諸事就緒、你可同
我到老員外墳前、去祭奠一番、益利白　老安人儀容呢、
羅卜白　權且供在中堂、我回來還要瞻仰、益利應科向
下取紙錢盤隨上仝作出門科羅卜唱
煞尾　父母恩罔極堪傷。韻白　爹爹嗄、唱願你受用了彩
帛金箱。韻作回視像哭科唱願我娘　脫離了天羅地網。

韻全從下場門下

第十六齣　花間詩句警心看　古風韻

生扮善才化身戴道巾穿道袍繫絲縧持拂麈從上場門上唱

越調正曲　浪淘沙　雲氣滿衣生。韻揮麈閒行。韻人間春夢幾時醒。韻合欲把慈航通覺岸。句指點分明。韻白自家善才爲羅卜善行虔修孝思曲盡那知他母墮入地獄故此觀音菩薩命俺變作道人指點他省悟好往西方見

佛救度他母來此已是不免逕入作進門科白松下未回飛去鶴案頭猶有讀殘經主人不知那去了你看石徑雲封碧蘿烟鎖好所靜室也唱

越調正曲　蠻牌令　淨几置金經韻古鼎篆香清韻松風來靜響句謏謏弄濤聲韻搖漾我空明性靈韻溪光內鷗夢初醒韻白那羅卜呵唱合烟霞趣句氷雪情韻只是六根除盡讀始悟無生韻白堂上掛着一幅畫圖就是他母親的遺像不免依菩薩之訓指示一番作題畫科唱

越調正曲　江頭送別

將他娘親苦娘親苦讀筆端訴明。韻淋漓墨淋漓墨讀幻於花影。韻白這首詩呵唱也不過暫時留與人間證。韻白等羅卜回來看見了唱合當晨鐘暮鼓驚醒。韻白詩已題了我去也唱

慶餘　閒雲逝水原無定。韻寶筏渡人慈悲性。韻君不見雲在青天水在瓶。韻從下場門下生扮羅卜戴巾穿道袍從上場門上末扮益利戴羅帽穿屯絹道袍繫鑾帶隨上羅卜唱

南呂宮引　掛眞兒　丙舍荒苔掃過了。韻　思親苦淚雨頻飄。韻

那猿狖哀吟讀　烟雲冷鎖句　觸景都成愁料。韻全作進

門羅卜禮拜起作見詩科白　好奇怪、我母親的遺像上

不知那箇來擅自題詩、作看科白　莫道幽明感應遲、孝

心天地已先知、兒居塵世空懷母、母墮重泉更憶兒、南

海觀音垂庇佑、西天活佛可皈依、母容安頓行囊裏、竟

往西天叩佛慈、唱

南呂宮集曲　李子宜春李子花首至合　謾推詳詩意蹺蹊。韻　冀慈親

天上逍遥。韻誰知直恁讀孤魂顛倒。韻白那題詩的人呵、唱眞敎我揣疑難曉。韻多應讀是提親陷穽讀鬼神明敎。韻白想是神佛前來指示、我且看經拜佛、祈求超度則箇、你自迴避、益利應科從下場門下隨撤劉氏像中場設香案帳幔桌上掛三官堂匾左側設桌椅羅卜作禮拜科唱

南呂宮正曲 青衲襖 梵音中旛影飄。韻惟有懇慈悲救度早。韻只恨那罔極恩難報。韻怎能彀侍泉臺承色笑。韻入

桌坐看經科唱把青燈謾挑。韻仗伊一卷楞嚴咒。句超取沉淪苦海遙。韻內作打三更科羅卜白爲何身子困倦起來、不免閉上了門、打睡片時、作閉門伏桌盹睡科小旦扮龍女戴過梁額仙姑巾穿宮衣臂鸚哥從上場門上白手拂白雲離洞口、肩挑明月到人間、俺龍女奉觀音菩薩法旨、爲羅卜慧根夙具、墮落紅塵、未免被俗緣牽惹、先要試他一番、然後指引他到西方救母、我已囑附蓮花神、代俺施行、你看他早來也、從下場門下旦

扮蓮花神女穿衫從上場門上白

澹泊祇安君子節清高不上美人頭俺蓮花神是也風鬟霧髻宛然世外佳人翠袖紅衫幻出人間絕色只因要試羅卜龍女命俺變作鄰女前來誘他迤邐行來此間便是不免叩門則箇作叩門科羅卜作醒科白夜靜更深誰來叩門待我去問箇明白那箇叩門呀寂然無聲了唱

南呂宮正曲　紅衲襖

莫不是戰風枝竹韻飄。韻蓮花神女白不是羅卜白原是有人叩門唱莫不是月中推禪德到。

韻蓮花神女白　不是、羅卜白　好奇怪、分明是女子聲音、何爲夜深到此、唱莫不是解紛束縕鄰家嫗。韻蓮花神女白　不是、羅卜唱莫不是路迷錯把鄰戶敲。韻蓮花神女白　一發不是、羅卜唱　這謎兒眞是喬。韻　這意兒吾怎曉。韻敢只是斷粉零香　閃出一箇　幽魂。句　也。格　弄花陰窺碧綃。韻蓮花神女白　都不是郎君快請開門、羅卜白　不免將門兒緊緊閉上、蓮花神女作進門科羅卜作驚科白　小娘子、你如何進得門來、是鬼、速滅了罷、蓮花神

女白 吾原在門裏、你怎知、唱

南呂宮正曲 一江風

我宅非遙。韻卽是東鄰少。韻久覷潘郎貌。韻白 憐郎君青年獨宿、妾願自薦枕席、作近羅卜科唱 愛風流。句避躲嚴親。句私赴巫山、讀沒一箇旁人曉。韻白 郎君、你難道木石心腸麼、羅卜作遠立科白 小娘子、請珍重些、蓮花神女唱合 休將俺做敗柳瞧。韻休將俺做敗柳瞧。疊我芳魂向爾消。韻我花身轉把蝶身抱。韻作抱羅卜科羅卜作躲科唱

又一體

莫相撩。韻你是東鄰少。韻又這如花貌。韻怎三更。句避躲嚴親。句私赴巫山。讀不怕箇旁人曉。韻白小娘子、請珍重些。唱合休將俺做淚蝶瞧。韻休將俺做淚蝶瞧。疊俺莊周蝶夢消。韻再不把花心抱。韻白小娘子天將明了、快請回去罷、蓮花神女白果然難得郎君我去也、羅卜白最好、蓮花神女虛白羅卜作跪求隨開門科蓮花神女作出門科從下場門下羅卜仍作閉門科白好奇怪、怎麽忽然而有、忽然而無、也不要採他、正是山鬼伎倆有窮、老僧不見不聞無盡、且去打睡片時、仍作盹睡科龍女從上塲門上白 方纔蓮花神女來告、羅卜果係堅持戒律、我不免將菩薩詩詞寫在白蓮葉上、蓮花速放、地井內作出蓮花科龍女作題詩科白 詩已寫完、當境土地何在、丑扮土地戴巾穿土地氅繫縧縧持拂塵從上塲門上作參見科白 上聖呼喚、未知有何吩咐、龍女白 我奉觀音菩薩法旨、爲羅卜母劉氏造罪多端、被陰司活捉去了、他本非壽數當終、又因他先夫位證仙班其子純孝日後自有善報可將劉氏屍骸好生保護不得毀壞肉身須當謹遵法諭者土地白領法旨仍從上場門下龍女白我且作速回報與菩薩知道便了留取觀音語報與孝子知從下場門下羅卜白天色已曉待我啓門而看起隨撤桌椅科羅卜作開門看科白這池內荷花怎麼一齊開放白蓮葉上寫得有字待我看來這不是題在我母親遺像上的麼觀此詩分明道我母親身陷陰司受罪須往西天見佛方能救母

我省得了、昨日那題詩的、想是善才、那婦人、莫不就是龍女、這是菩薩垂慈點化、不免往觀音堂拜謝、唱

慶餘

分明詩意重申曉。韻感神佛幾番指教。韻少不得要味道餐風不怕那鷲嶺迢。韻從下場門下

第十七齣　催租吏心欽感應　齊微韻

副扮里長戴氈帽穿道袍丑扮差人戴鷹翎帽穿箭袖繫搭包仝從上場門上唱

雙調正曲　普賢歌

樓頭鼓點聽頻催韻　疾速披衣起恐遲韻　煩勞說向誰韻　辛勤只自知韻合　上命遣差非得已韻

里長白　我對你講、這會緣橋傳家、你可知道他家的行事麽、差人白　時常齋僧濟貧好人家、里長白　好人家如今竟作出極糊塗的事來了他如今欠了官糧也只得要變了臉兒問他要他就交得快了　差人白　正是如此　里長白　前面就是他家了　差人白　你我就此一同前去　作到科虛白叩門科末扮益利戴羅帽穿屯絹道袍繫縧帶從上場門上白　是那箇　作出門相見科里長白　被伊家連累了　益利白　有何事相累　里長白　爲你錢糧不完我們都喫了打在裏頭了　作鎖益利科白　扯你到官司去　益利白　公差不消性急　差人唱

仙呂宮正曲 桂枝香 身充牌子○叶 從來性急○韻 最嫌跋扈豪
强○句 專一拖延國稅○韻豈 今朝爲你○韻豈 今朝爲你○疊
拖欠 錢糧爲累○韻受 幾多嘔氣○韻合 鎖將伊○韻 扯到官
司去○句 難教看面皮○韻 益利白 二位不須性急、我家錢
糧雖多、從沒有拖欠下的、今歲因老安人棄世、正在交
納之時、爲因修齋設醮、故此遲延、二位請坐待我請東
人出來相見、卽便交納便了、里長白 原來尊府的老安
人棄世了、這就難以相怪了、公差這是善門之家、鬆了

他罷、差人白　他家善名遠近皆聞、我豈不知、因爲官司比較你我甚急、不得不如此、隨放益利科、里長白　請官人相見、益利白　二位少待、里長差人作見池內蓮花虛白科、益利作進門科白　官人有請、生扮羅卜戴巾穿道袍從上場門上白　因多風木感、欲廢蓼莪篇、什麼人在此、益利白　是里長差人、催糧甚緊、特請官人相見、羅卜白　請進來、益利作出門引里長差人仝作進門科、里長差人白　傳官人令堂辭世、實爲可傷、官差羈身、有失弔慰、場上設椅各坐科羅卜白　只因爲先母喪事羈絆、有悞納糧限期、多有得罪、里長差人白　好說如今令堂喪事已畢、可把這錢糧交納了罷、羅卜白　放心就兌、里長白　好這纔是善門之家、里長差人白　官人看你門前開得好蓮花、羅卜白　二位有所不知、昨日感得觀音菩薩遣善才龍女前來度化卑人、題詩蓮葉之上、二位可看來、里長差人白　蓮葉詩句還在麽、羅卜白　現在、里長差人白　我們同去看來、各起仝作出門看詩科里長差人白莫道幽明感應遲。孝心天地已先知。兒居塵世空懷母。母墮重泉更憶兒。南海觀音垂庇佑。西天活佛可皈依。母容安頓行囊裏。竟往西天叩佛慈。全作進門各坐科里長差人白好顯然唱

南呂宮正曲　大迓鼓　見聞果是奇。韻美君孝行。讀感動天知。韻爲百年萱草悲辭世。韻早一夜蓮花開滿池。韻白如今欽奉旨意開孝廉方正之科。須行天下道府州縣。若有孝子者卽着舉薦。今幸官人恰有菩薩點化。非比尋

常之孝、里長白 公差你我竟往本縣、報知縣主、仝唱合
奏上朝廷讀 褒封可期。韻羅卜白 二位、卑人自行孝道
非慕虛名、這却使不得、卑人呵、唱
又一體 無德感神祇。韻 偶然見此讀 蓮葉題詩。叶 感君
厚德成人美韻又 何敢過望美名題。韻里長差人唱合
奏上朝廷讀 褒封可期。韻羅卜白 益利、快取錢糧交與
二位、再取白銀二兩、送二位折飯、益利應科向下取銀
隨上付里長差人科里長差人白 多謝官人厚賜、美君

純孝合稱揚、羅卜白 德薄何能感上蒼、里長白 指日頒

來丹鳳詔、差人白 褒封管取姓名香、里長差人作出門

科仝從上場門下羅卜益利仝從下場門下

勸善金科　第六本卷下

第十八齣　破錢山路判險夷　寒山韻

塲上出烟雲帳幔隱設破錢山科雜扮五長解鬼各戴鬼髮額穿蟒箭袖虎皮卒褂繫虎皮裙持器械帶旦扮劉氏魂穿衫繫腰裙從右旁門上長解都鬼唱

【中呂宮引】菊花新　酆都六月朔風寒韻　吹到人間兩鼻酸叶　潑賤女裙釵句　伊作孽可知難逭叶　劉氏魂唱

又一體　當年只爲饜盤餐韻　也不是　十惡難容　儘可

線寬叶我買命有金銀句求都長縱奴私竄叶長解都鬼唱

又一體

笑癡心妄想會移山韻那知法到陰司要脫難韻急走莫消停句你罪惡早已盈貫叶劉氏魂唱

又一體

非奴將賣法事苦勸恩官叶說起傷心淚不乾韻長解都鬼白淚不乾淚不乾那箇教你喫葷飯劉氏魂唱若肯放回陽句奴情願再喫齋銷案韻長解都鬼白你倒好心性兒世上來到世下還想放你回去喫齋

劉氏魂白 奴有幾文錢、送與長官們、望你們收下、長解都鬼白 這陰司錢積如山、希罕你這幾文錢麽、劉氏魂白 既有錢山、望引一看、長解都鬼白 你看這是金錢山、這是銀錢山、這是破錢山、劉氏魂白 敢問長官、那錢可用得、長解都鬼作笑科白 却用不得、都是紙的、劉氏魂白 錢用紙做、陽間易得之物、陰司以爲金錢銀錢、何其陰陽異地、貴賤相殊、況紙製自蔡倫、不識無紙之先、鬼用何物、長解都鬼作笑科白 鬼神之道、千變萬化、感應

之機在人一心人有敬神之心則紙憑火而化錢逐心
成也劉氏魂白既錢逐心成爲何不用又積成此山長
解都鬼白夫錢者前也有則可向人前無錢便落人後
此古人命名之意也錢之爲字一金而從二戈可見纔
有金之爲利便有戈之爲害此古人製字之義也世間
之人不能解此意義得一文便要施張百般運用陰司
之內清淨無爲所以積成此山劉氏魂白世上之人只
愁無錢使用安得有錢不用長解都鬼白有錢必用人

情之常然錢雖可用亦當知錢之爲害故誌公和尚有云黃金與白銀聽我囑咐話若是有緣者到他家裏坐若是無緣者在他手中過若還苦苦不放手出門與他一塲禍　劉氏魂白　這三條大路有何分別　長解都鬼白　上等好善之人從金錢山過中等好善之人從銀錢山過下等爲惡之人從破錢山過急急趲行　衆全作遶塲科劉氏魂唱

中呂宮正曲　好事近　經過破錢山韻一陣凄凉愁歎韻論我

陽間功德句齋僧道　花銷幾許財產韻誰知陰作住口科五長解鬼作怒看科劉氏魂唱　陰司案簿句　抹人長讀只是尋人短叶合放着金銀大路不許奴行句　這公道未必令人心滿叶長解都鬼唱

又一體　你三番韻　兩次把盟寒韻有鑒察神祇承管叶却緣何貪饕口腹句到如今一朝難挽韻　欺神誑鬼句那知我閻羅讀細賬要從頭算叶白　自古道人心如鐵、官法似爐、滾白　陽間尚然如此、何況陰司、唱合　到如今似鐵投爐。句須信是 恢恢網人豈能瞞。叶劉氏魂白 天眼雖是難瞞、望長官迴天之力、容我緩行些罷、長解都鬼白 天不可瞞法不可責、惡不可長、路不可更急急行走者、衆全作遶場科劉氏魂唱

中呂宮正曲 駐馬聽 雙足蹣跚。韻 顛躓蛇猿百八盤。叶看奇峰堆垛。句 怪石孱顏。讀無非 劍樹刀山。韻 啼痕沾處血斑斑。韻還有那不做美的 婁搜靑面勸催趲。韻白 老身到此呵、唱合 懊悔須難。韻這是 身輕業重 奉請 世人看

韻長解都鬼唱

又一體 自惹摧殘。韻 到此方知行路難。韻白 我且問你、你持齋立誓、却背子開葷埋了骨頭、又去花園賭咒、這些勾當、你說我陰司裏、有一點兒不知麽、唱 那功曹文簿。句 把你實款眞贓、讀 記注多般。叶白 還不與我快走、唱 你蹌踉步履假拘攣。叶 我待掣銅槌先搗伊脚腕。叶

劉氏魂白 我好苦也、長解都鬼滾白 你苦不但破錢山、還有滑油山、望鄉臺、奈河橋、鬼門關、孤悽埂、過了孤悽

埂上進了烏風黑洞出了洞門見了閻君還有一十八重地獄唱合教你血淚難乾。韻你的禍因惡積不比喫葱蒜。叶劉氏魂唱

慶餘　破錢山上多磨難。韻前途未必平坦。韻五長解鬼唱只怕你剉燒舂磨還未到眼。韻長解都鬼帶劉氏魂下

作遶場上山科衆長解鬼作趕打下山科仝從左旁門

第十九齣　長旛喜引三山近　蕭豪韻

雜扮金童戴紫金冠穿氅繫絲絛執旛雜扮玉女戴過梁額仙姑巾穿氅繫絲絛執旛引六善人末扮段秀實戴紗帽穿圓領束金帶小生扮鄭虔夫戴巾穿道袍旦扮陳桂英穿衫淨扮僧明本戴僧帽穿僧衣繫絲絛帶數珠生扮道貞源戴道巾穿水田道袍繫絲絛帶數珠老旦扮尼貞靜戴僧帽穿老旦衣繫絲絛帶數珠從右

旁門上金童玉女唱

仙呂宮集曲二集傍粧臺傍粧臺首至四　繡幢飄。韻引　善人到此恣遊遨。韻六善人白　二位、前面兩座山、是甚麽所在、金童玉女白　那是金山銀山、六善人白　原來是金銀二山、金童玉女白　這兩座山呵、唱　比銅山名更美。句　擬金穴事偏豪。韻六善人白　那西路上、又有一座山、是甚麽所在、金童玉女唱八聲甘州五至合　那是　破錢山下崎嶇道。韻作惡的人兒沒下梢。韻六善人白　請道其詳、金童玉女白陽世有貴賤之分、陰司以善爲貴、以惡爲賤、善者從金銀山過、永享逍遙、惡者從破錢山過、唱【皂羅袍】合至六 諸般苦楚。句 如何打熬。韻【傍粧臺】末 這是陰司不爽的昭昭報。韻六 善人唱

商調集曲【七賢過關】【金梧桐】首至四 天宮猶未登。句 地府先來到。韻 那善惡殊途。句 要使人知道。韻【黃鶯兒】四至五 望金山最峭。韻 銀山恁高。韻【五更轉】 也只許行善的人登眺。韻 另有一帶愁山破錢名號。韻 見雲迷霧鎖

舉目景蕭蕭。韻有褁足難前的路一條。韻梧桐葉 四至五 設道是死生有命憑天造。韻可知是禍福無門惟自招。白再相煩二位引領我等向那邊遊覽一回。金童玉女白使得就請相隨到這裏來。六善人白如此多感。金童玉女滾白便引領徐行這幽冥境界多般變幻。六善人滾白行善的到此身心安泰舉目處逕路平坦瀟瀟灑灑恣意遊行作惡的到此路途坎坷哭哭啼啼寸步難前須信人生在世。唱皂羅袍 七至八 要陰功廣積。句心堅意牢。韻白 那為惡的呵，唱懶畫眉 業風吹得身重現。句苦趣纏將魂盡銷。韻金童玉女引六善人作上山科六善人唱 仙呂宮集曲 三集傍粧臺 傍粧臺首至四 上岧嶤。韻 此身正喜近雲霄。韻 渾疑似登天府。句 那裏是在陰曹。韻雜扮五長解鬼各戴鬼髮額穿蟒箭袖虎皮卒褂繫虎皮裙持器械帶旦扮劉氏魂穿衫繫腰裙從右旁門上遶場科仝從左旁門下六善人唱八聲甘州五至合 只看他 身纏鐵鎖遊魂渺。韻獲罪于天無所逃。韻皂羅袍合至六諸般苦楚。句如何打熬。韻傍粧臺末這是陰司不爽的昭昭報。韻金童玉女作引六善人下山科衆全唱

慶餘

謾說是幽冥渺漠難查考。韻看今日裏親身曾到。韻算人生只有行善好。韻全從左旁門下

第二十齣　滑嶺愁移寸步難　蕭豪韻

場上設烟雲帳幔隱設滑油山科雜扮五長解鬼各戴鬼髮額穿蟒箭袖虎皮卒褂繫虎皮裙持器械帶旦扮劉氏魂穿衫繫腰裙從右旁門上唱

商調集曲寸寸紅山坡羊首至四　黑沉沉讀冥途深杳韻冷颼颼讀悲風叫號韻白　老身行年五十歲滾白方知四十九年非誤聽兄弟劉賈之言開葷飲酒打僧罵道今日墮落

陰司天唱我行過了讀險道崎嶇句又只見好銅錢讀
破銅錢如山似嶠韻五更轉六至末你那陽世人句你若是
化錢時句休得將那蘆棍兒挑碎了韻你若挑碎了沒
緊要韻使我下世鬼魂不得受用讀你枉費心勞韻園林好首至二
你那不善人怎比修善的好韻滾白修善的幽
幽雅雅自有那金童玉女幢旛寶蓋引領在平頂山上
逍遙戲耍長解都鬼白快些走動劉氏魂唱你那作惡
的人苦楚難熬韻江兒水六至末頓使他身無倚靠韻丟在

那刀尖山峭韻却被萬刃傷了韻劉氏魂作拜求科唱

玉嬌枝前至四

我這裏回身拜禱韻拜公差聽取奴告韻望

發一念慈悲道韻寬容恕形衰力弱韻五長解鬼分白

善惡分明路兩條相差原自在分毫陰司法度無偏枉

據爾陽間事犯牢長解都鬼白潑婦你在陽世作惡多

端今到陰司受諸般苦楚理勢必然休得埋怨劉氏魂

白公門之下正好修行望長官將就將就長解都鬼白

將就將就前生作者今生受劉氏魂白敢問長官此是

什麼所在長解都鬼白滑油山了劉氏魂白怎叫做滑油山長解都鬼白聽者那滑油山麽凸如龜背曲似羊腸一帶石坡光溜溜渾無寸土千尋山脊明晃晃直是純油除非鷹隼可以飛空任是蒼蠅也須滑倒大難行要試你兇徒膽沒可把全似你惡人心蠟屐難移不爲今朝驟雨鐵鞋易破非關昨夜濃霜生前手段通天專會攀藤附葛死不脚跟點地自然帶水拖泥寒毛直豎可憐兩脚捎天驚魄橫飛那解空身走索一撒手萬丈

懸厓猛墶頭寸繇牽命快不得慢不得疲馬上長陂一滾便滾下來不能進不能退跛鱉落深缸再爬也爬不起只爲鍋中熬不盡而今地府報分明劉氏魂白這等說望長官方便從那裏轉一轉罷長解都鬼白休得多言快走作帶劉氏魂遶場到滑油山科劉氏魂作驚懼科唱五供養五至末

滑油山嶢韻遠觀近看無限迢遙韻上無枝葉可攀句下無坡峗堪蹈韻謾言是行了讀就是我望也心驚悼韻作欲上山科唱好姐姐首至合欲登坳讀

進步心還却。韻我這裏舉步登高。韻滾白諕得我膽寒、身顫意亂心迷、光油油恁的般滑、作滑倒科滾白石巖巖恁的般高、作掙起科唱仰盼峰頭讀萬仞何能到。韻滾白我想爲惡之人、改惡從善、陰司記善而不記惡、我乃爲善之人、因聽讒言、棄善爲惡、陰司記惡而不記善、唱五供養七至末恨罪業是我招。韻長解都鬼唱開齋是你錯。叶劉氏魂滾白是了、公差、恨罪業是我招、悔開齋是我錯、唱到如今受報應難躲逃。韻滾白我在陽間爲人

不敬神致令陰司禍臨身、早知報應無虛謬、怎做癡呆
懵懂人、唱鮑老催首至六 悔當初把淸油自烹調。韻長解都
鬼唱 反將渾油佛前燒。韻劉氏魂滚白 是了公差、悔當
初把淸油自烹調、渾油佛前燒、唱 到如今滑油山 教我
如何蹈。韻作跌倒科長解都鬼白 快些走、劉氏魂作掙
起行科滚白 急行時步怎挪、作復滑倒科長解都鬼白
衆兄弟、這潑婦走不動了、可容他緩行些兒罷、與劉氏
魂解去鎖科劉氏魂滚白 緩行時步怎挪、作復滑倒科

（滾白）纔掙得幾步兒又早跌下可憐我頭顱都跌破手足都折挫一把肌膚怎禁得無端禍正是犯法身無主有誰憐念奴（唱）只落得滴溜溜淚雨拋（韻）撲簌簌淚雨落（韻）（滾白）員外夫你在天爲神永享逍遙可憐你苦命妻子造下孽冤命盡無常一朝身死魂魄現在陰司受罪舉目無親有誰憐憫員外夫你那裏知不知來曉不曉羅卜兒老娘早聽你言也不至於今日了你那裏縱有孝心修齋設醮不能彀救我也是枉然了嬌兒（唱）桃紅

菊三至四到如今夫在天曹。韻、到如今夫在天曹。疊滾白兒在陽間、我在陰司、唱川撥棹二至六舉目蕭蕭苦有誰知道。韻長解都鬼白快走、劉氏魂白行走不動了、長解都鬼白不走、打這潑婦、劉氏魂唱又遇着公差兇暴。韻又遇着公差兇暴。疊滾白他把鐵繩兒鏈着、他把鐵棍兒打着行步遲延、扯連拖且謾說人了、就是那鐵石也消磨、鐵也消磨、石也消磨、唱這苦楚向誰訴告。韻五長解鬼白你何不叫天、劉氏魂作跪哭科滾白天仰面叫天天不照孤苦伶仃沒下梢、唱我這裏呌天枉自號。韻五長解鬼白呌地、劉氏魂滾白地、俯伏呌地無言應、哭得我淚盡眼枯焦、唱僥僥令二至末我這裏呌地空自勞。韻作拜求科唱我俯伏躬身多拜告。韻滾白拜告列位恩官望發一念慈悲、唱合慈悲憐念奴衰老。韻長解都鬼唱

慶餘無知潑婦空悲悼。韻謾向咱行哀告。韻五長解鬼仝唱可知你罪業重重皆自招。韻長解都鬼作帶劉氏

魂上山科衆長解鬼作趕打下山科全從左旁門下

勸善金科第六本卷下

第二十一齣　李令公奇謀獨運　皆來韻

雜扮四將官各戴將巾穿蟒箭袖排穗佩刀引生扮李晟戴帥盔穿蟒束玉帶從上場門上唱

南呂宮引【大勝樂】折衝樽俎計安在韻　涓埃答聖恩山海韻　營門鼓角頻催句　怎容羽扇瀟灑韻　中場設椅轉場坐科白　二十年來多戰場天威赫赫陣堂堂神靈漢代中興主功業汾陽異姓王下官李晟自破朱泚之後蒙朝

廷待以心腹溫綸屢沛秩祿頻加思報國恩惟有討賊
近日聞得李希烈建號大楚背天不道昨據各處塘報
俱稱希烈南竄淮泗西侵闗隘賊將周曾李克誠率領
軍馬數萬希圖進取我想闗中乃國家門戸不可不守
畢竟乘機進勦根孽消除方爲上策已曾請各營將佐
公同計議一番看他們的主意如何然後進兵便了　雜
扮渾瑊韓遊環范克孝戴休顏駱元光各戴帥盔穿蟒
束玉帶仝從上場門上分白
聚米山川勢投醪士卒心

紛紛趨玉帳同荷主恩深下官兵馬使渾瑊是也下官防禦使韓遊環是也下官神策行營先鋒范克孝是也下官宣慰使駱元光是也下官五營驍騎戴休顏是也仝白今日元帥相邀不免進見仝作進見科白元帥我等叅拜李晟白列位少禮請坐塲上設椅各坐科李晟白左右廻避衆應科從兩塲門分下李晟白列位賊勢猖獗羽檄頻來諸位胸藏星斗願各陳意見以啓愚蒙渾瑊白列位請衆各遜科渾瑊白元帥小將的愚見呵

唱

南呂宮集曲　梁州新郎　梁州序首至合

宵嚴刁斗。句晝邏關隘。韻怕猝起懷中蜂蠆。韻

李晟白　進攻之策何者爲上、

渾瑊唱　燎毛一瞬。句把火攻五器安排。韻

白　元帥、賊勢方張、人心未固、目下之計、一面與他交鋒、一面分兵恢復汴蔡、則彼之首尾受敵、豈能久存。

唱　只用奇兵抄後。句猛將當先。讀莫使趨淮蔡。韻直教諸路斷。讀捉將來。韻管一鼓成功釋韛轂。韻

衆仝唱　賀新郎合至末　算已定。讀謀無再

韻看叛臣授首人心快。韻 宗社福、讀 廟堂賴。韻 李晟白 料敵制勝、勢在目中、這是主意在戰的了、韓遊環駱元光白 元帥古云、師行十萬、日費斗金、又道殺人一萬、自損三千、依小將看來、可以不戰而勝、李晟白 如何是不戰而勝、韓遊環駱元光唱

又一體

皇師無敵。句 神兵不敗。韻 輕進兵家須戒。韻 但嚴防慎守。句 何妨清嘯樓臺。韻 李晟白 我這裏按兵不動北方、蹂躪士民、湯火討賊之義、豈可如此、韓遊環駱

元光白　元帥豈不聞師老則潰戍久則離賊衆遠來不出兩月必然糧盡糧盡必走然後以輕兵掩擊勢若拉朽衆賊之頭可懸於麾下矣　唱　他已是魚游釜內。句　烏入籠中　讀　疏屬長囚械。韻　烏江窮項羽　讀　怎差排。韻　看下馬投戈自乞哀。韻　衆唱合　算已定　讀　謀無再。韻　看叛臣授首人心快。韻　宗社福　讀　廟堂賴。韻　李晟白　這是主意在守的了　范克孝戴休顏白　元帥小將還有一計且不須戰也不須守聞希烈之兵皆烏合之衆原非樂於

爲賊者爲勢所逼不得不從其中投生無路者必多今若開其自新必然投戈歸命唱須要廣投誠且說招徠韻遣辯士詳言利害韻

又一體

李晟白招降赦罪第一上着但李希烈罪大惡極如何可赦范克孝戴休顏白元帥名爲撫而實意不在撫不過使彼自相猜貳自相攻擊以孤其勢俟我謀定而後徐圖之唱這機關休露讀使彼難猜韻況是近徵安史句遠覽黥陳句犯順歸於敗韻須知烏合衆讀易睽乖

韻他變起蕭牆我事諧。韻衆全唱合算已定、讀謀無再。韻看叛臣授首人心快。韻宗社福、讀廟堂賴。韻李晟白諸君之策、俱爲有見、但李希烈罪不容誅、人心未定、我名正言順、大義方張、若不鼓勇進兵、非臣子討賊之義也、衆將白願聞元帥妙策、李晟唱

又一體

俺這裏陣雲高鵝鸛排開。韻軍威振虎狼奔駭。韻更遙須露布、讀感激忠懷。韻還要東連吳會。句北約幽燕。句犄角緣邊砦。韻白那時誅其首惡、赦其脅從、唱

崑岡分玉石讀散烟埃。韻掃盡欃槍平泰階。韻衆全唱

合算已定讀謀無再。韻看叛臣授首人心快。韻宗社福

讀廟堂賴。韻衆將白元帥之計實出萬全我等不勝心

服內作傳鼓科雜扮中軍戴中軍帽穿中軍鎧持文書

從上塲門上唱

南呂宮正曲 節節高 將軍天上來。韻氣雄哉。韻馬騰士飽銜

枚快。韻作進門呈公文科白稟元帥外邊有緊急公文

送進從下塲門下李晟白原來是連日塘報衆將白未

知報上怎麼道、李晟唱他說人情駭。韻賊勢乖。讀城危殆。韻鴟張豕突多虛喝。韻羽書謾報軍機大。韻衆仝唱合來朝定議鼓前行。句剪除根荄無遺害。韻內作傳鼓科雜扮中軍戴中軍帽穿中軍鎧持文書從上場門上唱

又一體　公文雙羽排。韻奉專差。韻星馳已到轅門外。韻作進門呈公文科白　稟元帥、有兵部公文、說有奉旨事情在內、從下場門下李晟白　原來是聖上差平章事李

泌、前來督戰、唱 上寫着 輜車屆。韻 督戰來 讀 緩急相依

賴。韻 運籌決策投鍼芥。韻 看我 笑談迅掃風雲快。韻 各

起隨撤椅科衆全唱合 來朝定議鼓前行。句 剪除根莠

無遺害。韻 李晟白 吩咐標下將士、隨我迎接天使、衆將

應科全唱

慶餘 旌旗葉葉生精彩。韻 好威風大唐元帥。韻 看 毒霧

妖氛一旦開。韻 衆從兩塲門各分下

第二十二齣　莫可交冤債相纏　先天韻

旦扮李翠娥魂小旦扮驚鴻魂各搭魂帕穿衫丑扮鬎鬎魂戴鬎鬎腦包搭魂帕穿喜鵲衣繫腰裙全從右旁門上分白

隨風一縷蕩悠悠，衣面難遮舊日羞，惟有冤魂吹不散，全白紙錢悉窣引鵂鶹。李翠娥魂白奴家李翠娥，爲因春情放蕩，失節莫可交，指望永締百年，不料反遭毒手連累姐姐並這小厮無辜被害已將此情訴之冥帝說此事陽間尚未結案須仍在陽間告理昨日土地公公傳示說他投在李希烈部下做了頭目今往鄜州田都督臧刺史處約爲內應又掌指引說有朝中差李泌相公督師前來可雪沉寃我們守在此間等那莫賊來時將我們的陰魂附在他身上就往督師老爺處去告他便了

驚鴻魂白　使得

鬅鬅魂白　說話之間莫可交早已來了且躲在一旁看他如何

副扮莫可交戴氊帽穿窄

袖繫鑾帶從上場門上白　自家莫可交、自從殺死李翠娘三人之後、逃往上蔡、蒙主公李希烈、授我中營頭目、如今往鄜州、與田都督臧刺史約爲內應、聞得李泌奉命督師、等他過去、再作道理、李翠娥魂白　莫可交、你今日要往那裏去、三鬼魂全作打莫可交科白　這沒良心的賊、李翠娥魂白　我李翠娥、被你害的好苦、唱

中呂宮纏縷金正曲　荒蕪了。句舊情田。韻古來多薄命。句是嬋娟。韻留得孤魂在。句游絲一線。韻莫可交白　翠娘、我

原不是要殺你的望求饒了我的性命、我當延僧追薦、超度便了、驚鴻魂鬎鬎魂白 可憐我兩箇無故被你殺害你好狠心也、內喝道科鬎鬎魂白 遠遠看見督師老爺來了、我們就扯他去當面告理罷、仝作扯莫可交遶塲科唱 好教我 離離閃閃馬頭前。韻合 和伊去分辯。韻 和伊去分辯。疊仝從下塲門下雜扮四軍士各戴馬夫巾穿蟒箭袖卒褂執旗雜扮四將官各戴將巾穿蟒箭袖排穗執標鎗雜扮二中軍各戴中軍帽穿中軍鎧佩

刀賫勅書印信引末扮李泌戴幞頭穿蟒束玉帶騎馬雜扮馬夫戴馬夫巾穿布箭袖雜扮傘夫戴馬夫巾穿箭袖卒衙執傘全從上場門上衆全唱

中呂宮正曲 駐環着

擁三軍組練。韻 擁三軍組練。疊 笳鼓喧闐。韻 羽扇綸巾讀 令如雷電。韻 山畔旌旗磨轉。韻 此去宣威。句 便把紫泥封讀 柳營傳徧。韻 李泌白 下官李泌奉命督師但願剪滅渠魁早早還朝分付趲行 衆應科 全唱 天授與神符仙篆。韻 看射取欃槍一箭。韻合 干戈奠。韻組綬駢。韻繫斗大黃金。讀雕成繆篆。韻衆全從下塲門下鬎鬁魂扯莫可交從上塲門上李翠娥魂驚鴻魂隨上鬎鬁魂白莫賊、我不過是小孩子、唱

中呂宮正曲

縷縷金

瞞天事。句女干邊。韻怎生連累我。句癩頭黿。韻驚鴻魂白莫賊、我與你無怨無讐、你殺得我好苦也、唱怎肯輕饒過。句殺人心善。韻內作鉦鼓聲三鬼魂唱煩伊替我訴奇冤。韻合冤魂好活現。韻冤魂好活現。疊衆引李泌從上塲門上三鬼魂全作附莫可交體

喊科白 青天老爺、冤枉、衆作打科李翠娥魂作附莫可

交體喊科白 老爺、奴家是李氏、李泌白 前面似有婦人

叫喊、好生悽慘、唱

中呂宮正曲 駐環着

豈鶯聲細囀。韻 豈鶯聲細囀。疊 慘煞啼

鵑。韻 不避弓刀、讀 訴伊悲怨。韻白 左右、帶他上來、衆應

科作帶莫可交李翠娥魂作附莫可交體科白 奴家李

翠娥、李泌白 好奇怪也、明明是女子聲音、如何却是箇

男子、唱 則道何來女眷。韻 那有男兒。句 口口道奴家 讀

此情難辨。韻白 我有軍務在身、那裏聽這些風話、左右、與我趕他下去、衆應科李翠娥魂作附莫可交體科白 爺爺、奴家還要細稟、一則求伸寃枉、一則密報軍情、李泌白 一發說得奇怪了、須要問他一問、左右、且帶住他、到前面驛中去、衆應科作帶莫可交遶場科三鬼魂隨行科衆全唱 想負弩迎來官弁。韻 待草檄排將筆硯。韻合 敲金韉。韻 止玉鞭。韻 傍水曲山坳。讀 驛亭遙見。韻作到科雜扮驛丞戴紗帽穿圓領束角帶從下場門上跪接科李泌下馬馬夫傘夫從兩塲門分下衆全作進門科塲上設公案桌椅科李泌入座衆分侍科驛丞叩見科李泌白 廻避了、驛丞應科仍從下塲門下李泌白 帶那漢子進來、一軍士帶莫可交作進門科三鬼魂作隨進科李泌白 你說密報軍情、是眞是謊、可細細禀上來、李翠娥魂作附莫可交體科白 容奴家先訴沉冤、沉冤得雪、則奸細自明、奴家李氏、原是鄜州都督下聽用官董知白的妻子、被這莫可交殺死了、當日兇身未獲、連累丈夫今日特來告狀、李泌白 如此說來、你原是箇鬼魂、你可將殺死情由、一一說上來、李翠娥魂作附莫可交體科白 奴家素守閨門、因被這厮多方引誘、唱

中呂宮正曲 縷縷金 偷香話句 怎堪言韻 可知生扭做句 並頭蓮韻 李泌白 旣如此、他爲什麽殺你、李翠娥魂作附莫可交體科白 奴家也不曉得是何緣故、唱 料得男兒性句 烟雲多變韻 分明今日睹青天韻合 求將此情電韻 求將此情電疊 鬅鬅魂作附莫可交體科白 老爺小

的是董知白家裏的小秃子、李泌白 一發奇了、又是一箇人、你且把殺死的緣由說上來、劉影魂作附莫可交體科白 老爺、這莫可交他原要殺小人家主、不料這日鄜州刺史送了一箇美人與都督田希監、被他大夫人不容、交與小人家主官賣、是日領回家中住在李翠娘房中、李翠娘住在家主房內、莫可交原要殺小人家主不料誤殺翠娘、倒把那都督發下來的美人負着逃走小人聽得聲響、出的房門、就被他一刀殺死、李泌白 既

如此那負去的女子怎麽樣了、鶯鴻魂作附莫可交體

科白　老爺、小婦人鶯鴻、那日被他負了出門、行到街上、

却被那巡夜的追來、他又將小婦人殺死、輕身逃出去

了、李泌白　可憐、我聽了一場鬼話、畢竟李翠娥鶯鴻在

那裏、唱

中呂宮正曲　馱環着　似重簾掩面。韻　似重簾掩面。疊　何處嬋

娟。韻白　那小厮又在何處、唱　小小葫蘆、讀　蔓牽藤纏。韻

劈破一刀兩瓣。叶白　李翠娥、李翠娥魂作附莫可交體

應科李泌白驚鴻、驚鴻魂作附莫可交體應科李泌白

汝等骨化形消寃讐又在何處、唱已是生無。句不悟本無生、讀還有許多恩怨。韻白你們不如把莫可交放鬆了罷、李翠娥魂作附莫可交體科白我等豈肯干休莫可交那廝罪大寃深求爺爺即行正法然後我等與他陰司對理、李泌白我自有軍務在身、那裏管這些閒事、唱我這裏又不是閻羅十殿。韻有鬼卒拿人當面。韻白你且說軍情何事奸細何人、鬎鬎魂作附莫可交體科

白　莫可交就是賊人奸細、李泌白　有何憑據、鬎鬎魂作附莫可交體科白　現在叛賊李希烈與田都督臧刺史約爲內應書信在莫可交身邊、李泌白　畢竟莫可交在那裏、三鬼魂作離莫可交體科莫可交白　小的有、李泌白　我只道三魂附在別人身上前來告狀原來就是附在莫可交身上來的聽用官看這莫可交身邊可有什麼東西、衆作搜出密書呈上科李泌作看科白　果然有書中軍將這廝上四車持此令箭一路撥兵護送到了

京師、交送刑部、還持我名帖、致意刑部大堂、說一面收
監、我一面有密本來也、一路上不可走漏聲息、中軍應
科作捉莫可交從下場門下、三鬼魂隨下、李泌白 人命
之重、如此、我輩身爲將相、豈無差失、可怕、唱合 待辭金
殿。韻 反故園。韻 這兩顆燒梨、讀 是咱初願。韻 白 下官一
面奏聞聖上、速將田希監、臧霸處置、一面知會李令公
預作准備便了、出座隨撤、公案桌椅科、馬夫傘夫仍從
兩場門分上、李泌作騎馬科、驛丞從下場門上、跪送科

仍從下場門下衆遶場科全唱

願嫖姚早把奇功建。韻捷書馳未央宮殿。韻聽一路鐃歌奏凱旋。韻衆全從下場門下

勸善金科第六本卷下

第二十三齣 堆戰骨衆鬼哀號 江陽韻

生扮李晟戴鷹翎帽穿箭袖繫鑾帶佩劍從上場門上

唱

高宮套曲 端正好 赤緊的鼓聲高句可正是軍威壯韻驅鐵騎追勦豺狼韻妖星夜隕賊營上韻眼見得除兇黨韻

白 下官李晟奉命討賊連日與賊對壘奈賊屯營山下地形險阻難以攻取今夜天氣晴朗霜月微明爲此俺

微服出營私探賊營地勢我仰觀天文見今夜妖星漸微莫不天佑我唐有成功之日了我且再向前邊細看一番只待明日進兵以便一鼓成擒便了地井內作鬼哭科李晟白遠遠望見有許多人來了待我隱入樹林之中看是何人至此從下場門下雜扮十二陣亡鬼魂各穿戴陣亡切末全從地井作哭聲上遶場科全白我等俱是邊關人氏身充禁軍被叛賊朱泚李希烈驅脅從亂與李令公交鋒前後戰敗死者十餘萬人血濺黃

沙身膏白草杳杳冥冥數也命也一靈不昧思念故鄉好生凄楚趁此夜月大家嗟歎一番有何不可唱

高宮套曲 滾繡毬

三靈降禍殃。韻萬姓當災障。韻健兒們都送在沙場之上。韻天遣那惡魔王搧動刀鎗。韻干戈圍困襄城。句朱泚禍起蕭牆。韻蹂踐得神京板蕩。韻幾番兒捲旌旗血戰沙場。韻無端戰士喪刀頭。句苦多少英雄劍下亡。韻說起悲傷。韻白想我們那日死得好苦也唱

高宮套曲　倘秀才　新鬼呵覓頭顱哭啼夜霜○韻舊鬼呵傍陰崖揶揄北邙○韻盼家鄉何人奠酒漿○韻暴屍骸句有誰埋土壤○韻提將起委實恓惶○韻白　那李令公好不驍勇也、唱

高宮套曲　滾繡毬　隴西宿將强○韻河北軍容壯○韻殺得那李希烈投戈棄仗○韻百忙裏擁殘兵奔走愴惶○韻旌旗曉色昏○句戈矛夜無光○韻似龍虎追來飛將○韻明日裏軍敗身亡○韻只可憐深閨粉黛拋荒野○句文武衣冠委道

◎

旁。韻嗳苦暮雨斜陽。韻李晟從上場門上後場立科內

作風鳴衆鬼魂作驚伏地旋起科唱

高宮套曲　白鶴子

俺只見漠漠寒烟迯紫塞。句又只見冽冽陰風吼白楊。韻收不迭萬種寃魂。句嗳苦磨不盡千秋靈爽。韻

煞尾

山圍古戰場。韻月黑元戎帳。韻賊營壘。讀雖倚着山險爲屏障。韻看李將軍。讀勇冠天神非是謊。韻李晟

白　吾乃神策將軍都督大元帥李晟是也、衆鬼魂仝從

地井隱下李晟白　神鬼之事不可不信霜月之下衆鬼啼哭啾啾可哀原來都是戰亡之鬼在此訴苦古語云一將功成萬人身殞待下官班師之日廣作道場超度他們便了李希烈朱泚逆賊呀這惡業你如何解釋我也不必再往前去且歸營傳令犒兵秣馬只待明日進兵擒賊必矣曠野天高霜滿空夜聞鬼語月明中來朝一鼓擒奸賊麟閣標名第一功　從下場門下

第二十四齣　鼙鼓天兵崇朝決勝　古風韻

雜扮八軍卒各戴卒盔穿蟒箭袖排穗持鎗引淨扮李希烈戴王帽紥靠紥令旗襲蟒束玉帶從上場門上唱

黃鐘宮引　西地錦　一味稱雄犯順。韻　軍威萬里烽塵。韻中場設椅轉場坐科丑扮周曾戴荷葉盔紥靠紥令旗小生扮李克誠戴八角冠紥靠紥令旗全從上場門上分唱

一聲叱咤變風雲。韻　攬得乾坤皆震。韻李希烈白　孤自

統領精兵二十餘萬來取關中、連日與李晟厮殺、未見勝負、今日我在高阜處掠陣、你兩人合兵一處、直踹他的營盤、料那李晟一戰可擒也、周曾李克誠應科李希烈起隨撤椅科李希烈白大小三軍、就此殺上前去、衆應科雜扮執纛人戴馬夫巾穿蟒箭袖繫肚囊執纛從上場門上衆遶場科仝唱

越調正曲　水底魚兒　萬隊三軍。韻　遥空蕩戰塵。韻　衝鋒對壘。句合　妙算總如神。韻　妙算總如神。疊仝從下場門下雜

扮八軍士各戴將巾穿蟒箭袖排穗執旗引末扮渾瑊王戴紮巾額紮犇紮令旗持鎗雜扮執纛八戴馬夫巾穿扮蟒箭袖繫肚囊執纛隨從上場門上衆遶場科全唱

又一體

八陣圖新。韻陰陽向背分。韻搴旗斬將。句合准擬立功勳。韻准擬立功勳。疊渾瑊白自家兵馬使渾瑊是也今日元帥擺下九宮八卦陣與賊兵大戰元帥同督師天使在高阜處掠陣傳下令來但看白鴿飛起為號四面截殺不許放走一人衆將官須要小心衝殺上去者。衆應遶場科仝從下場門下雜扮八軍士各戴紥巾穿蟒箭袖排穗執標鎗雜扮八將官各戴打仗盔穿打仗甲執旗引生扮李晟戴帥盔紥靠紥令旗襲蟒束玉帶持令旗雜扮執纛人戴馬夫巾穿蟒箭袖執纛隨從上場門上李晟唱

中呂調套曲粉蝶兒　俺今日箇大展龍韜。韻授節鉞得專征討。韻多感得推轂恩寵命親叨。韻看了這陣堂堂。句旗正正。句整肅的軍容恁好。韻自不用兵刃相交。韻早令

那賊人們魂銷膽落○韻末扮李泌戴幞頭穿蟒束玉帶
持令旗從上塲門上白幕展芙蓉稱長使營開楊柳識
將軍作相見科白元帥今日與賊交鋒調遣已定否李
晟白已曾按五方擺列右營將領韓遊環左營將領范
克孝前營將領戴休顏後營將領駱元光中營將領兵
馬使渾瑊誓擒賊將請學士公同觀衆軍卒俱在山下
伺候衆應科從兩塲門分下塲上設平臺科李晟李泌
仝上平臺立科衆分侍科李晟李泌唱

中呂調　醉春風
套曲

誰道是　但聽着　將軍令。句　不聞　取　天子
詔。韻可知那　九重宵旰正焦勞。韻降御勅催　把　那渠魁
來勦。韻勦。韻李晟唱俺怎敢　翫敵無功。句　逍遙河上。句
致教師老。韻作颩令旗科內放白鴿響砲吶喊科雜扮
四小軍各戴卒盔穿蟒箭袖卒褂持鎗引周晉持鎗雜
扮執纛人戴馬夫巾穿蟒箭袖繫肚囊執纛雜扮四軍
士各戴將巾穿蟒箭袖排穗執旗引雜扮韓遊環戴紮
巾額紥靠紮令旗持鎗雜扮執纛人戴馬夫巾穿蟒箭

袖繫肚囊執纛各從兩塲門分上韓遊環周曾作對戰科周曾領衆作敗從下塲門下韓遊環領衆作追下李晟白你看神策右營將領韓遊環、好一塲厮殺也、李晟李泌唱

中呂調套曲 石榴花 似春雷般擂動鼓聲高。韻殺氣透層霄。韻則看這文修武備全盛的大唐朝。韻怎容伊僭稱名號。韻怎容伊僞設官僚。韻恁便似蠢蚩尤造逆多殘暴。韻怎禁俺狠力牧的將勇兵驍。韻李晟唱 親統着六師

問罪彰天討。韻看恁那穴中螻蟻豈能逃。韻作颭令旗科內放白鴿響砲吶喊科雜扮八小軍各戴馬夫巾穿蟒箭袖繫肚囊持雙刀引李克誠持刀雜扮執纛人戴馬夫巾穿蟒箭袖繫肚囊執纛雜扮八軍士各戴紮巾穿蟒箭袖繫肚囊持雙刀引雜扮范克孝戴紮巾額紮靠紮令旗持刀雜扮執纛人戴馬夫巾穿蟒箭袖繫肚囊執纛各從兩塲門分上范克孝李克誠作對戰科李克誠作敗從下塲門下范克孝作追下八軍士八小軍

作對敵八小軍作敗從下場門下八軍士作追下李晟

李泌唱

中呂調 鬪鵪鶉 套曲

幾隊兒旗影風飄。韻一片的刀光雪耀。韻飛散作素練千條。韻交迸出寒光萬道。韻直殺得馬驟征塵暗四郊。韻直殺得波騰沸山動搖。韻李晟唱慘昏昏殺氣迷漫。句愁漠漠陣雲籠罩。韻作颭令旗科內放白鴿響砲吶喊科雜扮八小軍各戴馬夫巾穿採蓮襖繫戰腰持刀藤牌從上場門上遶場跳舞從下場門

下雜扮八軍士各戴紮巾穿探蓮襖繫戰腰持棍從上場門上遶場跳舞從下場門下李晟李泌唱

中呂調套曲紅繡鞋一箇箇忘身命同思報効。韻赴疆場齊逞雄豪。韻則願得烽烟早靖戰功高。韻李晟唱雲臺圖像列。句麟閣姓名標。韻也不枉從軍好。韻作颭令旗科內放白鴿響砲吶喊科雜扮戴休顏戴紮巾額紮靠紮令旗持鎗雜扮駱元光戴紮巾額紮靠紮令旗持刀引周曾李克誠各從兩場門分上作對戰科范克孝韓遊

環率八軍士從兩塲門分上遶塲作捉住周曾李克誠科仝從下塲門下李晟李泌唱

中呂調套曲 迎仙客

分勝負在一朝。韻 決雌雄只這遭。韻 厭兵戈有好還天道。韻 殺得他似嚴霜摧嫩草。韻 烈火燎鴻毛。韻 李晟唱 這聲勢撼山岳也不小。韻 聽震耳的連珠砲。韻 作颭令旗科內放白鴿響砲吶喊科渾喊引李希烈從上塲門上遶塲科從下塲門下雜扮十六軍士各戴打仗盔穿打仗甲執旗從兩塲門分上遶塲走陣畢分立科雜扮十六將官各戴打仗盔穿打仗甲執標鎗引駱元光韓遊環戴休顏范克孝雜扮五執纛八各戴馬夫巾穿蟒箭袖繫肚囊執纛各從兩𡑞門分上遶𡑞走陣畢衆作埋伏科隨向地井內換兵器科渾瑊引李希烈從上𡑞門上八小軍隨上內鳴砲衆埋伏軍士吶喊遶𡑞從兩𡑞門分下五將圍李希烈合戰李希烈作衝殺出陣科從下𡑞門下五將仝作追下李晟白神策中營將領兵馬使渾瑊好一員名將也李泌白實乃

名將也李晟李泌唱

中呂調套曲

上小樓那將軍果是人中俊髦韻智如神能將敵料韻要殺得他棄甲曳戈句怕風聲唳鶴韻一騎難逃韻衆賊戈亂拋韻膽盡落韻奔竄處恨逃生不早韻那五十步猶把那百步見笑韻衆軍士從兩場門分上侍立科渾瑊引衆將從上場門上白禀上元帥賊兵殺盡擒得周曾李克誠在此李希烈帶領千餘人逃去李晟白二人既擒希烈可滅兵馬使渾瑊你可統兵二萬

連夜速取賊魁、肅淸地方。大小三軍，就此隨本爵入城安衆。

衆應科。李晟、李泌下平臺科。衆全唱

【煞尾】

喜十朝裏頓把欃槍掃韻從此後日月光明兵氣消韻並不是將軍神武邊功大句總仰賴聖主欽明廟算高韻

衆軍士擁護李晟、李泌全從下場門下